# UN PLAN PERFECTO

## Merline Lovelace

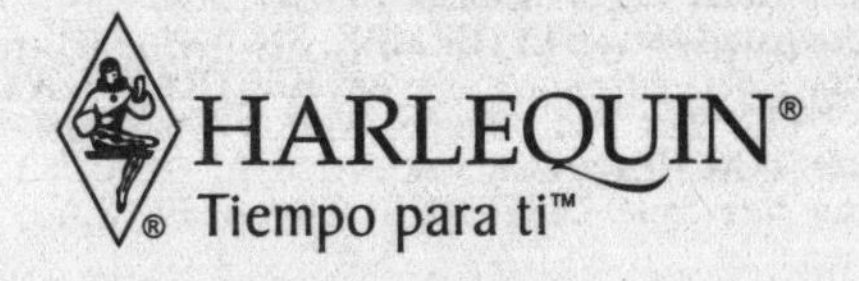

NOVELAS CON CORAZÓN

Editado por HARLEQUIN IBÉRICA, S.A.
Hermosilla, 21
28001 Madrid


UN PLAN PERFECTO, Nº 919 - 2.2.00
Título original: Undercover Groom
Publicada originalmente por Silhouette Books, Nueva York.



I.S.B.N.: 84-396-7733-2
Depósito legal: B-371-2000
Editor responsable: M. T. Villar
Diseño cubierta: María J. Velasco Juez
Composición: M.T., S.A.
Avda. Filipinas, 48. 28003 Madrid
Fotomecánica: PREIMPRESIÓN 2000
c/. Matilde Hernández, 34. 28019 Madrid
Impresión y encuadernación: LITOGRAFÍA ROSÉS, S.A.
c/. Energía, 11. 08850 Gavá (Barcelona)
Fecha impresion para Argentina:4.8.00
Distribuidor exclusivo para España: M.I.D.E.S.A.
Distribuidor para México: INTERMEX, S.A.
Distribuidores para Argentina: interior, BERTRAN, S.A.C. Vélez Sársfield, 1950. Cap. Fed./ Buenos Aires y Gran Buenos Aires, VACCARO SÁNCHEZ y Cía, S.A.
Distribuidor para Chile: DISTRIBUIDORA ALFA, S.A.

# *Capítulo Uno*

–Espere un momento, señorita Fortune, la anunciaré.

Chloe Fortune sonrió brevemente a la secretaria de pelo gris que salió a toda prisa de la sala de fotocopiadoras, cargada con una pila de documentos.

–No te preocupes, Amy. Telefoneé antes al señor Chandler y le dije que me pasaría por aquí en algún momento de la tarde.

–Pero hay alguien en su despacho...

Chloe le dijo adiós con su mano de uñas rojo vivo y cruzó la elegantemente amueblada recepción sin hacer caso de su protesta. Había visitado el despacho de su prometido lo bastante como para saber que siempre tenía acceso inmediato.

Una vista impresionante de Minneapolis bañada en la luz de septiembre llenaba los ventanales del piso veinticuatro del edificio de oficinas. Chloe no permitió que el espectáculo la distrajera; le había costado toda la mañana armarse de valor para esta visita. Tenía que hacerlo ahora, antes de que perdiera el coraje. Esta vez no se achicaría.

Esta vez esperaría hasta que Mason Chandler se librara de su visitante, y entonces, o bien barrería todas los objetos de su brillante escritorio de caoba y haría el amor con él de forma salvaje y desinhibida o..., tragó saliva, o le devolvería el solitario de cuatro quilates que él había deslizado en su dedo el pasado mes de enero.

¡Enero! Se detuvo con la mano en el picaporte, pensando en su poco convencional compromiso. Apenas podía creer que ella y Mason llevaran casi nueve meses comprometidos. O que sólo hubieran compartido unos pocos besos ocasionales en todo aquel tiempo.

Podía ser que su autoimpuesta restricción se debiera a las reglas que ella había formulado cuando le hizo la propuesta a Mason. Después de todo, fue a ella a quien se le ocurrió primero la idea de un compromiso ficticio. En aquel momento había parecido ser la perfecta solución a su dilema.

Ella acababa de volver a Minneapolis después de estar dos años en París, de donde se había traído una licenciatura en Historia del Arte, un corazón ligeramente herido y un ego seriamente dañado. La licenciatura la había conseguido en el Instituto de Artes de París. El corazón y el ego deteriorados se los debía a un guapo tenista, Andre Couvier, que había amado más la perspectiva de poner sus manos en una parte de los millones de su padre de lo que la había amado a ella. Lo último que deseaba Chloe cuando volvió a los Estados Unidos era precipitarse en otro romance desastroso.

Desgraciadamente no había sido capaz de convencer a su excesivamente solícito padre de que estaba más interesada en convertir su título en una herramienta de trabajo que en llevar una vida social. Emmet Fortune había ejercido el tipo de presión constante y amorosa que sólo un padre puede ejercer, urgiéndola a reducir el número de horas que pasaba en la central de la Fortune Corporation, a salir más, a disfrutar de su juventud.

Así que... desesperada, Chloe le había hecho la propuesta a Mase.

El trato era simple. Él representaría el papel ante su padre. A cambio, ella se ocuparía de la campaña de mercado del último prototipo de bimotor de las Chandler Industries. Dado que el encargado de marketing había sido sorprendido con las manos en la caja, la oferta de Chloe había sido deliberada, calculada y oportuna. Una vez que él se hubo recuperado de la sorpresa inicial accedió con bastante rapidez.

Ella sabía que lo haría. Le conocía de toda la vida, primero como amigo de su hermano mayor, Mac, y luego como acompañante ocasional. Sin embargo, a diferencia de sus tremendamente sobreprotectores padre y hermano, Mase no se tomaba a la ligera sus ambiciones profesionales. Ni la había tratado con aire protector. Él comprendía su necesidad de demostrar que era tan capaz como cualquiera de sus primos Fortune. De manera que ella había realizado la campaña de mercado y él había actuado como su prometido.

El compromiso ficticio había funcionado perfectamente... Al principio. La relación había entusiasmado a su padre, que apreciaba y respetaba a Mase. También le había permitido a Chloe dedicar todas sus energías al aprendizaje de los entresijos del mundo del marketing y de la publicidad desde el terreno. Y Mase hacía un prometido impecable. Cómodo y sin exigencias, era relajante estar con él. Cuando no estaba en alguno de sus largos viajes de negocios, él y Chloe disfrutaban mutuamente de la compañía, cenando o yendo al teatro.

Ella no estaba segura de cuándo el compromiso comenzó a tener vida propia. No había esperado el diamante que él le puso en el dedo la noche que anunciaron el compromiso a la familia. Ni había previsto el tener que ceder a las presiones de su padre para fijar una fecha de boda. Simplemente había ocurrido así. Antes de que se diera cuenta se había encontrado envuelta en discusiones sobre vestidos, menús y flores con Mollie Shaw Mcguire, la organizadora de bodas que había llegado a convertirse en amiga íntima de la familia Fortune.

Mirando hacia atrás, Chloe no podía precisar el momento exacto en que aquello había sucedido, no podía recordar una mañana en que ella se hubiera despertado y descubierto de pronto que ella deseaba que su compromiso «ficticio» terminara en una boda «de verdad». Sólo sabía que echaba de menos a Mase cuando estaba fuera. Que la mano que él ponía en su cintura para guiarla a la mesa le ardía a través de cualquier cosa que llevara puesta. Que se moría por quitarle la americana hecha a medida, desatarle la corbata, desabotonarle la camisa y plantar besos ávidos y ardientes por todo su pecho desnudo.

Cosa que tenía intención de hacer aquel día. ¡Si no le faltaba el valor!

No podían continuar por más tiempo con el engaño. Mollie quería mandar a la imprenta las invitaciones de boda. Su padre ya estaba hablando de hacer una donación a su escuela para asegurarse de que sus nietos tuvieran una educación de calidad. Chloe o bien tenía que anular el compromiso o convencer a Mase para que dejara a un lado las normas originales y le hiciera el amor de forma salvaje y temeraria.

Él quería. A pesar de su deliberada contención, Chloe sentía el deseo que él tan cuidadosamente mantenía bajo control. Había tratado de insinuarle que estaba lista, ¡más que lista!, para que lo liberara. Aquella vez, se juró a sí misma, haría algo más que insinuar.

Respirando hondo Chloe accionó el picaporte. La pesada puerta de roble se abrió silenciosamente. Sólo había dado un paso cuando el sonido de una voz ronca de contralto flotó en la lujosa oficina.

–Vamos, Mase. Te encanta lo que hacemos juntos. ¿No lo irás a dejar sólo porque te hayas comprometido?

La intimidad de aquella voz oscura como el chocolate la dejó de piedra. Aquello, y la vista de una morena impresionante instalada confortablemente entre los muslos de su prometido.

Mase estaba apoyado en el borde delantero de su escritorio. Bajo su pelo negro perfectamente cortado, su cara morena lucía una sonrisa que desgarró el corazón de Chloe. Sus manos descansaban en la cintura de la morena, mientras las de ella jugaban con su corbata. ¡La misma corbata de seda que Chloe había aflojado en sus ensoñaciones hacía sólo unos segundos!

Apretó los puños y respiró a duras penas mientras una ola de emoción pura rompía sobre ella y

Mase replicaba con su bien modulada voz de barítono:

–No, no lo dejo porque esté comprometido. Ya te dije mis razones.

–Ninguna de las cuáles tendrá importancia cuando comiencen los fuegos artificiales –ronroneó su acompañante, cosquilleando su mandíbula con el borde de la corbata–. Estás enganchado, igual que yo. Anhelas la excitación, el estremecimiento de nuestros jueguecitos.

Su sonrisa se convirtió en un gesto irónico.

–No creo que puedas llamar juego a lo que hacemos, Pam. Nos ha llevado demasiado cerca del borde del abismo demasiadas veces.

–Y eso es lo que lo hace tan maravilloso. Lo que hace que seamos tan condenadamente buenos juntos. Tú no quieres dejarlo, Mase. Sabes que no. Además, te necesito. Nadie lo hace más duro o más rápido o más brutal que tú.

Chloe se atragantó. No quería oír nada más. Realmente no necesitaba ver nada más. Ahora comprendía porqué Mase no había captado sus sutiles indirectas con respecto a convertir su relación ficticia en una real. Sólo un tonto podría desear atarse a la ingenua e idiota Chloe, que había viajado hasta París para perder su virginidad a la vetusta edad de veinticuatro años, cuando podía jugar duro y rápido y brutal con esa... esa persona.

La tristeza y la rabia que no tenía derecho a sentir la atravesaron. Debió hacer algún movimiento porque la morena lanzó una rápida mirada sobre el hombro de Mason.

Sus ojos castaños se posaron en la mujer paralizada de la puerta y después se llenaron de una expresión que estaba entre el reconocimiento, la diversión y, ¡maldita fuera! el triunfo. El mensaje era inmediato e inconfundible, de mujer a mujer.

«Es mío. Ha puesto un anillo de compromiso en su dedo, señora, pero las dos sabemos que es mío».

Las uñas de Chloe se clavaron en sus palmas. Irguió la barbilla en el momento justo en que Mase se daba la vuelta y la vio. Cualquier otro hombre hubiera tartamudeado o se hubiera sonrojado de vergüenza al ser sorprendido en escena tan íntima por su supuesta prometida. Pero no Mase. No el tranquilo y siempre controlado Mase.

–Lo siento, Chloe, no sabía que estabas aquí.

–Obviamente no.

Sin inmutarse, movió a un lado a su visitante y dijo llanamente:

–Pasa, por favor. Me gustaría presentarte a Pam Hawkins, tenemos negocios en común.

Él no se sonrojó; ni siquiera pestañeó. Chloe tuvo que admirar su aplomo, incluso mientras luchaba contra el dolor y la rabia que la desgarraban. No tenía derecho a sentir aquellos terribles celos, se recordó con fiereza. Mase nunca le había hecho ninguna promesa. La había ayudado cuando ella se lo había pedido, eso era todo. Él era un amigo. Sólo un amigo.

El darse cuenta de esto la hizo sentirse aún peor. Para compensarlo levantó la barbilla unos cuantos grados más.

–Siento haberte molestado.

–No lo has hecho –se acercó a la puerta para introducirla en la oficina, estaba tan tranquilo como ella alterada–. Hemos concluido nuestros asuntos.

Posó la mano en su espalda con gesto tan natural, tan cortés, que los dientes de Chloe rechinaron. Involuntariamente, se retiró de su mano con un respingo.

–¿Habéis concluido? Qué raro. Desde donde yo estaba parecía justamente como si acabarais de empezar.

El leve enrojecimiento que asomó a las mejillas de él le dio alguna satisfacción. No mucha, pero algo.

–Te hablaré en otro momento –dijo con tono gélido– cuando no estés tan ocupado.

Con un movimiento regio de cabeza dirigido a la morena, se dio la vuelta y deshizo su camino. Mase la alcanzó cuando pulsaba el botón del ascensor, pestañeando furiosamente para librar sus ojos del ridículo escozor de las lágrimas.

–Siento que te encontraras con eso. No es lo que parece –se interrumpió, torciendo la boca con disgusto–. No puedo creer que yo haya dicho esto.

Chloe tampoco podía. Fue a decir que todos los hombres que eran sorprendidos engañando a sus novias o a sus mujeres usaban la misma frase trillada, pero se contuvo a tiempo. No era la novia de Mase. No de verdad. Y, desde luego, no era su mujer.

–No tienes que explicarme nada. Nunca más. Y no es que lo hayas hecho alguna vez –pulsó de nuevo el botón, intentando sin éxito ser coherente–. Demonios, me estoy haciendo un lío con todo esto. Verás, yo vine sólo a decirte que estás libre.

–¿Qué?

Chloe respiró hondo y se volvió a mirarlo.

–Ya va siendo hora de terminar con la farsa. Mollie me llamó esta mañana, rogándome que aprobara la prueba final de las invitaciones. Le di largas, pero no está bien hacerle perder más el tiempo. O tenerte a ti colgando de esta manera.

–Me encantaría estar colgando todo el tiempo que quieras.

Ella hizo una mueca, esperando sinceramente que pareciera una sonrisa.

–¿De verdad? No estabas colgando hace unos momentos. Estabas prácticamente envuelto por... ¿cómo se llamaba?

–Pam –musitó él–, Pam Hawkins –vaciló, eligiendo sus palabras con evidente cuidado–. Mira, Chloe, mis negocios con Pam son... complicados.

Él estrechó los ojos y le lanzó una mirada tan rápida y aguda, tan poco propia de Mase, que Chloe pestañeó.

–¿Qué fue exactamente lo que oíste?

–No mucho –admitió ella con un suspiro– sólo lo suficiente para hacerme sentir absolutamente avergonzada de haberte utilizado.

–Yo acepté tu propuesta con los ojos bien abiertos. No me has utilizado.

–Sí, lo hice, y lo siento, Mase. Sinceramente. Sé que me aseguraste que nuestro pretendido compromiso no interferiría en tu vida privada, pero yo no debería haberlo dado por supuesto, debería haberme dado cuenta... Me temo que no pienso las cosas lo suficiente –concluyó tristemente.

El ascensor se abrió. Aferrándose al escape que ofrecía, Chloe entró y pulsó el botón de bajada. Mase estiró la mano, sujetando la puerta cuando empezaba a cerrarse.

–Tenemos que hablar de esto.

–Lo haremos. Llámame ¿vale? Organizaremos los detalles de la gran ruptura –las palabras dejaron un regusto amargo en su boca. ¿Qué necesitaba para aprender? Primero había permitido que el guapo y elegante Andre la engañara. Ahora se había engañado a sí misma pensando, esperando–. No –dijo, retractándose de su oferta de hablar–. No tenemos nada que organizar. No debería haber arriesgado nuestra amistad, cubriéndola de engaños. No más mentiras, Mase. No más fingimientos. Desde este momento eres un hombre libre. Oficial, firme e irrevocablemente.

Su respuesta fue una breve y expresiva palabrota, algo que Chloe no tenía ninguna costumbre de oír de él. Pestañeó sorprendida cuando él entró en el ascensor, acorralándola contra la pared.

–No te dejaré que te marches hasta que no hayamos hablado de ello.

Un brote de carácter surgió a través de su herida y sus ojos llamearon una advertencia:

–Apártese, señor.

–Maldita sea, Chloe...

–No puedo hablar ahora de ello. No «quiero» hablar ahora de ello.

Por un momento ella pensó que él forzaría el tema. De repente y de forma ridícula sintió un deje de alarma. No miedo exactamente. No podría temer a Mase ni aunque lo intentara. Pero aquel hombre parecía casi un extraño. Para su alivio infinito, él se echó hacia atrás.

–Muy bien, hablaremos esta noche. Después de la fiesta en casa de tu tío.

Por fin se cerró la puerta. Chloe se apoyó contra la pared del ascensor, con la imagen de Mase grabada en sus ojos. Alto. Moreno. Ancho de hombros y de mandíbula cuadrada. Sonriendo a Pamela Hawkins a quien le gustaba hacerlo duro, rápido y brutal.

Un escalofrío de repulsión la invadió, seguido inmediatamente por otro de envidia pura y dura. Mason Chandler no había intentado nada duro ni rápido ni brutal con ella. Tenía que afrontarlo. Él no había intentado nada en absoluto. Le destrozaba haber descubierto que el sólido y estable Mase tenía un lado oscuro que ella ni siquiera había sospechado. Le destrozaba todavía más el darse cuenta de que aún lo deseaba. Desesperadamente.

El ascensor bajaba. Cada vez que se iluminaba el botón de una planta Chloe se regañaba a sí misma ¿Cómo había podido ser tan tonta? ¿Cuándo aprendería que no se podía fiar de su criterio con respecto a los hombres?

Con la mandíbula apretada, Mase contempló cómo se encendía el indicador del ascensor piso tras piso. Su instinto le pedía que fuera tras Chloe, que intentara arreglar aquel embrollo antes de que ella hiciera cualquier estupidez, como anunciar a su padre, o a sus hermanos, o al resto del clan Fortune que habían roto su supuestamente falso compromiso.

Chloe no lo sabía, pero su compromiso había sido real desde el momento en que Mase había aceptado su ridícula propuesta. Para él, por lo menos. Oh, él había jugado con las reglas de ella. Había mantenido sus manos alejadas de ella, a pesar del hambre que había ido creciendo día tras día. Un hambre que lo enviaba a la cama cada noche anhelante y decidido a llevar a su asustadiza prometida al altar.

Y ahora ella se había escapado.

Debería ir tras ella. Mase sabía que debería hacerlo. Pero la imagen de su cara asustada y confusa lo retuvo. Ella había dicho que necesitaba tiempo. Vale. Le daría tiempo. Hasta la noche. Entonces terminarían aquella farsa como él lo había planeado todo aquel tiempo. Con Chloe en sus brazos y en su cama.

Mientras tanto, Pam lo estaba esperando. Soltó una larga bocanada de aire y se pasó la mano por el pelo ¿Cómo demonios le iba a explicar su complicadísima relación con Pam a Chloe? No podía explicársela ni a sí mismo. ¿Amante de una vez? ¿Socia a veces? ¿Amiga?

¿A quién quería engañar? Los lazos que los unían eran más profundos que eso. Pam y él habían compartido demasiadas horas de peligro, demasiadas noches de aburrimiento para calificarla de simple amiga. Tendría que pensar en algo para contarle a Chloe, algo que no violara la seguridad absoluta que había jurado mantener. No podía explicarle su vida secreta, la vida que había decidido abandonar. No podría asumir los mismos riesgos, ni desaparecer por largos períodos cuando estuviera casado. No sería justo para ella, ni para su matrimonio.

Torció la boca ¿Qué había dicho ella? Que era estúpido envolver su amistad en mentiras y engaños? Se preguntó qué diría ella si supiera que eran su moneda de cambio. O lo habían sido hasta que decidió casarse con ella y terminar sus incursiones en el asqueroso inframundo de las operaciones clandestinas.

Con una última y frustrante mirada al indicador del ascensor, se dio media vuelta y volvió a su despacho.

Pam se había puesto cómoda en la silla de ejecutivo de alto respaldo de su escritorio, las largas piernas cruzadas y una expresión de arrepentimiento en sus ojos castaños.

–Siento haber hecho cosas inconvenientes para ti con respecto a tu prometida ¿Has calmado las aguas?

–Lo haré –contestó con más seguridad de la que sentía en aquel momento. Desviando sus pensamientos, de Chloe a la mujer que lo miraba divertida, volvió al tema de su inesperada visita–. Explícame otra vez porqué crees que Dexter Greene me está buscando.

Levantando una cuidada mano, Pam fue contando con los dedos los hechos desnudos que le había relatado al llegar, hacía menos de media hora.

–Uno, detuviste a su hijo. Dos, dicho hijo fue hallado muerto en su celda el mes pasado. Tres, enviamos un operativo al funeral y cuatro, nuestro agente se quedó por allí el tiempo suficiente como para pensar que el juramento de venganza de Dexter Greene era algo más que el griterío de un padre enloquecido por la pena. El padre es peligroso, Mase. Lo sabíamos cuando entramos a sacar a su hijo.

Frunciendo el ceño, Mase hizo sonar las monedas en su bolsillo. Imágenes fragmentarias de una persecución larga y mortal se encendieron en su mente. Casi podía oír el sonido de los disparos. Gustar el sabor a cobre del miedo mientras caminaba penosamente por kilómetros de tierra pantanosa, con el asesino traficante de armas inconsciente sobre sus hombros y Pam jadeando a su lado. No importaba que el hijo de Greene fuera un canalla sin conciencia. O que no sólo hubiera suministrado armas robadas a los vendedores de odio que habían abierto fuego en una iglesia llena de inmigrantes asiáticos, sino que él mismo había planeado la masacre y había participado en ella. Tan fanático del América para los americanos como los otros, no cabía duda de que el Greene viejo aprobaba las acciones de su hijo.

¿Cómo demonios había podido Dexter Greene relacionar al andrajoso y barbudo ladrón que se había llevado a su hijo con el director de las Chandler Industries? Cuando se lo preguntó a Pam ésta se encogió de hombros.

–No sabemos cómo hizo la primera conexión. Pero «sabemos» que alguien inició investigaciones sobre Mason Chandler desde el ordenador de la biblioteca del pueblo de Greene. Contestamos las preguntas con la información standard, desde luego, y enviamos a un operativo para que husmeara. Cuando llegamos allí, Greene había desaparecido de la faz de la tierra.

–¡Vamos, Pam! Nuestra especialidad es la recuperación de rehenes y sacar a gente de ambientes hostiles. Somos expertos en seguir el rastro de la basura que ninguna otra agencia puede encontrar ¿Cómo pudo nuestro hombre dejar que Greene se le escurriera entre los dedos?

Ella volvió a encoger los hombros.

–Yo estaba en el Oriente Medio hasta hace dos días. El jefe me llamó para que volviera cuando tú le dijiste que estabas fuera del asunto.

–Y él te envió a Minneapolis a hacerme cambiar de idea.

–¿Y lo he conseguido?

–No, me caso en noviembre, recuerda.

–¿Estás seguro? –ella alzó una ceja.

–Bastante seguro –replicó Mase con una sonrisa irónica–. Tendré que hablar bastante deprisa en las próximas horas para conseguirlo, sin embargo.

–¿Hablar? –la morena sacudió la cabeza con desesperación fingida–. No era tu estilo cuando trabajábamos juntos. ¿Qué te ha hecho esa mujer?

Mase no estaba preparado para admitir que Chloe Fortune le había atado con nudos tan fuertes que nunca sería capaz de desatarlos.

–Mira, no volveré al campo de operaciones, pero haré lo que pueda para ayudarte con Greene. ¿Has traído los informes de nuestra misión original?

–Por supuesto.

–Déjame que les eche una ojeada para ver si hay algo que destaque con respecto al padre. Me pondré en contacto contigo más tarde en tu hotel.

Mucho más tarde. Después de que hubiera «hablado» con Chloe.

Pam se levantó con esa gracia felina que sólo ella tenía. Colgándose el bolso en el hombro, rodeó el escritorio y le dio una palmada en la mejilla.

–Estaré esperando.

Cuando Mase cruzó con su coche las puertas de entrada de la mansión de Stuart y Marie Fortune en Minneapolis, el brillante atardecer se había convertido ya en crepúsculo púrpura.

Las luces brillaban en todas las ventanas de la

casa de piedra de dos pisos propiedad del tío de Chloe. El sonido de las risas y el repiqueteo de las copas se oía claramente en el aire limpio del anochecer.

A juzgar por el número de Mercedes y Jaguar y lujosos deportivos que invadían la calzada de ladrillo, la familia Fortune se había presentado en pleno a la fiesta improvisada de Stuart Fortune. La misteriosa invitación, entregada por la secretaria personal de Stuart aquella misma mañana, indicaba solamente que éste deseaba dar la bienvenida a un nuevo miembro de la familia. En aquel preciso momento, Mase no estaba interesado en dar los parabienes a nadie. Todo lo que quería hacer era encontrarse cara a cara con su prometida.

Subió los peldaños de la entrada mascando su impaciencia. Unos momentos más tarde le condujeron a una enorme galería de techos altos y paredes de cristal. El solarium, con sus maravillosas vistas de los lagos y del lejano perfil de la ciudad era un punto de encuentro favorito de los Fortune. Tras dar una rápida ojeada a la multitud se dirigió a un conocido. Su futuro suegro le apretó la mano con vigor.

–Hola, Mason, ¿dónde está Chloe?

–Habíamos quedado en vernos aquí.

–¿Si? –las cejas plateadas de Emmet Fortune se unieron en una línea recta–. Me pregunto qué le habrá retrasado.

Debido a que había criado él solo a Chloe y su hermano mellizo, además del hermano mayor de ambos, el instinto protector de Emmet se disparaba a diario, si no lo hacía cada hora. Estaba llegando a su punto de ebullición cuando el mellizo de Chloe se los unió.

Por más vueltas que le diera, Mase no podía comprender cómo dos hermanos tan parecidos físicamente podían tener temperamentos tan diferentes. Ambos hacían volver la cabeza a la gente por la calle, Chad con su apabullante masculinidad nórdica Y Chloe con su versión femenina de la belleza de su hermano, que cortaba el aliento. Ambos se mantenían en soberbia forma física con ejercicio regular, esquí en invierno y tenis y natación en verano. Ahí terminaban las similitudes. Donde Chloe ponía una sonrisa que podía derretir los lagos de Minessota a mediados de enero, Chad demasiado a menudo ostentaba un gesto burlón. Como en aquel momento.

–Hola, Mason.

–Hola, Chad

–Chloe me pidió que te diera una cosa.

Mase se puso rígido. El duro centelleo de los ojos violeta de Chad, tan parecidos a los de su hermana, le dio una pista de lo que venía a continuación. Como se temía, Chad sacó la mano de su bolsillo y abrió los dedos. Un solitario centelleante yacía en su palma.

–Me dijo que esta tarde se le olvidó devolverte esto.

Con la mandíbula apretada, Mase se guardó el anillo.

–¿Dónde está ella?

Chad no trató de disimular su hostilidad. Evidentemente, su hermana le había contado el chasco que se había llevado en la oficina de Mase.

–Se ha ido.

–¿Adónde se ha ido?

–No lo dijo. Sólo dio a entender que necesitaba marcharse y pensar.

Emmet intervino en la conversación, su paternal cabello completamente encrespado.

–¿Qué demonios está pasando aquí, Mase? ¿Porqué habéis suspendido la boda Chloe y tú?

–Yo no, ha sido Chloe.

–¿Por qué? Y ¿qué es lo que tiene que pensar? Maldita sea ¿dónde está mi hija?

–No lo sé, Emmet, pero la encontraré.

La sonrisa de Chad se hizo más dura.

–Yo no apostaría, Chandler. No me pareció que quisiera que la encontrasen.

Por primera vez desde que levantó la mirada y vio a Chloe de pie en la puerta de su despacho, Mase sintió un dejo de diversión. Ninguno de los Fortune sabía lo que él hacía ni para quién trabajaba en sus prolongados viajes de negocios. Por razones de seguridad nadie debía saberlo nunca.

–La encontraré –afirmó con la tranquila seguridad que le daban sus años de entrenamiento, la red de contactos a escala mundial y demasiadas misiones para enumerarlas.

Abandonó la fiesta unos momentos más tarde y se dirigió directamente al hotel donde estaba Pam. La dejaría a ella trabajando con los agentes locales, con el carné de conducir de Chloe y la descripción de su vehículo, mientras él daba unos toques a unas pocas redes restringidas. No le llevaría mucho tiempo localizar el Mercedes rojo de dos plazas. Cuando lo hiciera, pensó Mase con una mueca, él y su prometida tendrían una pequeña charla.

Localizaron el Mercedes cinco horas más tarde. Un agente de tráfico lo encontró con el morro en una zanja a unos 70 kilómetros al oeste de Sioux Falls, en Dakota del Sur. El contenido del bolso de cuero negro estaba diseminado sobre la alfombrilla del coche. Una bolsa de viaje llena estaba aún en el maletero.

Les llevó casi tres semanas localizar al conductor.

# *Capítulo Dos*

A Mase aquellos días le parecieron interminables, tratando de controlar el miedo que le invadía cada vez que pensaba en aquel recóndito recodo de la carretera y en el coche destrozado de Chloe. Se forzó a imaginar todas las opciones posibles. Chloe podía haberse dormido al volante y caído en aquella zanja; o bien podía haber sido arrojada fuera de la carretera por algún psicópata ansioso de sexo, o por secuestradores que querían obtener dinero de su padre, o, como había comentado con Pam, el hombre que había jurado vengarse de él por la muerte de su hijo, podía haberla seguido desde su oficina. Mase tenía que afrontar la posibilidad de que Dexter Greene hubiese podido localizarlo de alguna manera, y tratara de utilizar a su novia como medio para vengarse de él. Esa posibilidad lo corroía las entrañas. Sudó sangre durante casi tres semanas, y finalmente tras dar cientos de pasos en falso y de explorar callejones sin salida, su extensa red de contactos dio sus frutos. Un camionero de Seattle dijo haber recogido a una autoestopista, en un viaje a través del país, cuya descripción concordaba con la de Chloe, no muy lejos de donde se encontró después su Mercedes. Según dijo el camionero, la chica tenía un buen golpe en la frente y parecía estar algo desorientada, por lo que, preocupado, la había llevado a una clínica en Mitchell, Dakota del Sur.

Media hora después de haber recibido el informe del camionero, Mase estaba volando en dirección a Mitchell. Una vez allí, logró encontrar su pista casi inmediatamente. Chloe había llegado a la clínica minutos después de que el semihistérico director de un coro de instituto llegara con quince niñas de la coral quejándose y vomitando. En medio del caos provocado por las niñas enfermas, los padres histéricos y el personal sanitario desbordado, el médico de urgencias de turno examinó a Chloe, mandó que le hicieran una radiografía, le diagnosticó una contusión leve y la dio de alta.

Chloe pagó la factura en metálico el día siguiente, tras haber empeñado un anillo de zafiro. La inscripción que aparecía grabada en el anillo: *Para Chloe con cariño de Kate* era la primera prueba contundente de que Mase se estaba acercando a su prometida. Entonces, antes de que pudiese disfrutar del placer de haber encontrado su pista, ésta volvió a desaparecer.

A Mase le llevó otras veinte exasperantes horas encontrar la pista que llevaba desde Mitchell hasta el pequeño pueblo de Crockett en el rincón sudoeste de Dakota del Sur. El último informe que recibió justo cuando se estaba montando en el helicóptero, decía que una mujer que se hacía llamar Chloe Smith se había alojado en casa de Hannah Crockett, la nieta del fundador del pueblo y propietaria del almacén general.

El sol se estaba poniendo tras las montañas cuando el helicóptero aterrizó en un lugar preestablecido a doce kilómetros de Crockett.

–Me gustaría que me dejaras ir contigo –chilló

Pam tratando de hacerse oír por encima del ruido de la hélice.

–Te llamaré si necesito refuerzos.

–Demonios, Mase, todavía no sabemos por qué ha decidido tu prometida enterrarse aquí, al otro lado del mundo.

Mase lanzó una mirada a las montañas que les rodeaban por todas partes. No era exactamente el fin del mundo, pero casi.

–Hasta que lo sepamos... –gritó Pam.

–Hasta que lo sepamos, este caso es mío. Te llamaré si te necesito.

Pam se apoyó contra el respaldo del asiento, con los labios apretados en un gesto de desaprobación. Mase se despidió con un gesto rápido, y caminó agachado bajo las hélices del helicóptero. Instantes después tomó las llaves del Chevy Blazer todoterreno que había alquilado y ordenado que le llevaran a aquella aislada zona de aterrizaje. El piloto le dio unas breves instrucciones sobre cómo llegar a Crocket, antes de volver a subirse al helicóptero.

Mase se metió en el Blazer y cerró la puerta aislándose del ruido de las hélices. Con un movimiento rápido de la pierna cubrió con la vuelta del pantalón la bota y la pistola automática Glock de 9 milímetros que ocultaba. Más pequeña y ligera que la Special corta, la Glock llevaba un sistema de recarga de alta velocidad que lo había ayudado a salir de más de una situación difícil. Con rostro sombrío, Mase depositó un segundo cargador y varias cajas de balas de repuesto en el salpicadero del Blazer. De acuerdo con el informe que había recibido unas horas antes, parecía que Chloe no estaba bajo coacción, pero a pesar de su insistencia en ir solo, no iba a correr ningún riesgo.

Mientras el motor del coche se calentaba, Mase sacó una gorra roja del bolsillo trasero de su pantalón y se la puso calada hasta las cejas. Con aquellos pantalones vaqueros desgastados, la resistente camisa de cuadros, y el chaleco azul, podría pasar por uno más de los muchos cazadores y pescadores que conducían cientos de kilómetros para cazar y pescar en los lagos cristalinos que salpicaban las montañas de Black Hill. No tenía ni idea de si el disfraz de cazador era necesario, como tampoco sabía por qué Chloe había elegido el pueblo de Crockett para esconderse, pero estaba dispuesto a enterarse.

Bajo la gorra se podía percibir la tensión en la mandíbula de Mase. Empezaban a dejarse notar los efectos de la falta de sueño, los litros de café y la angustia que había pasado desde que Chloe desapareció. Incluso en aquellos momentos, a pesar de tener constancia de que estaba viva y se encontraba bien, la imagen del Mercedes incrustado en la zanja y abandonado le hacía sentirse mal.

Condujo por la estrecha carretera, recordando el miedo que había pasado, probando una vez más su acidez. En aquellos momentos, sin embargo, una dosis saludable de furia unía su sabor al del miedo. Mase estaba casi tan furioso con Chloe por el susto que les había dado a su familia y a él, como satisfecho por haberla encontrado.

Mientras el Blazer descendía por la colina salpicada de altos pinos, acercándose a la media docena de casas que formaban Crockett, Mase se debatía ante la opción de llevar a Chloe directamente a Mineapolis, o llevarla al motel más cercano y reclamar allí sus derechos de la forma que había estado deseando desde el mismo momento en el que ella le propuso que fuera su novio. Todavía estaba tratando de decidirse cuando llegó frente a la puerta del almacén general de Crockett y paró el motor. Mase saltó fuera del coche mientras sentía cómo iba creciendo en su interior la decepción. Sus informadores se habían equivocado de mujer. No era posible que Chloe hubiese pasado casi tres semanas en aquel lugar. Al menos no la Chloe que él conocía.

Mase se detuvo a inspeccionar el aspecto de la entrada de la tienda. Desde detrás de sus gafas de sol le devolvió la mirada vacía al blanco cráneo de vaca que colgaba sobre el desgastado marco de la puerta. Ésos no eran los únicos huesos que decoraban el establecimiento, las cornamentas de alce entrelazadas aparecían enrolladas alrededor de las cuatro columnas de madera que sujetaban el porche, como si se tratara de espinosa hiedra blanca.

La blancura de las astas contrastaba con el colorido de las matriculas roñosas que había sobre las dos ventanas de la fachada, y con las cubetas de madera y las cestas repletas de objetos que peleaban por el espacio con un contenedor de hielo y un cubo sobre el que había un cartel escrito a mano en el que se ofrecían gusanos como cebo. Todo el local parecía estar ligeramente inclinado hacia la derecha, dando la impresión de que una fuerte racha de viento podía ponerlo patas arriba.

Con cautela, Mase ascendió los desgastados escalones de la entrada. Los tablones emitieron un crujido de protesta, pero la campanilla que había sobre la puerta repicó en señal de bienvenida cuando Mase entró. El olor a humo que provenía de la estufa de hierro que había en el centro de la tienda, junto con el aroma del café recién hecho, las manzanas maduras y el tabaco, lo embriagó. Se paró junto a la entrada, explorando la tienda con mirada inquisidora. Se filtraba suficiente luz a través de los empolvados cristales como para iluminar todos los rincones de la habitación que aparecía repleta de todo lo imaginable, desde botas de trabajo a cereal o velas de cera de abeja. Mase era incapaz de saber si había existido algún criterio que estableciera el orden en el que habían sido colocados todos aquellos objetos que abarrotaban las estanterías desde el suelo hasta el techo. Tampoco veía a nadie que se pareciera a Chloe. La tensión que le agarrotaba los músculos estaba empezando a incrementarse cuando oyó la voz de una mujer que salía de la trastienda:

–Ahora mismo salgo.

Se sintió aliviado. Reconocería la voz de su prometida hasta en sueños. Suave y musical, con esa pronunciación de las vocales característica de Minnesota, que ni los inviernos en Palm Springs, ni los dos años de estancia en París habían logrado alterar. Era algo tan propio de ella como su sedoso pelo rubio o sus ojos color violeta.

A pesar de eso, Mase tuvo que mirarla un par de veces antes de reconocer a la criatura que instantes después entró de espaldas en la habitación. Doblada en dos, arrastraba un saco de veinticinco kilos de sal gorda sobre el suelo de madera, y lo añadió al montón de los que ya había pegados a la pared del fondo. Mase la miró atónito mientras se enderezaba emitiendo un ligero gruñido, y se pasaba el brazo por la frente llena de polvo y sudor. La cara era la misma, pómulos altos, la piel tostada y el cabello dorado, que relucía incluso en la ridícula cola de caballo en la que lo llevaba recogido.

La ropa... Mase pestañeó, tratando de recordar cuándo había sido la última vez que había visto a su prometida embutida en vaqueros tan ceñidos en los muslos y con una fina camiseta amarilla que mostraba una provocativa mancha de sudor entre sus firmes pechos... o cuándo le había saludado con aquella amabilidad tan fría y distante:

–¿Quiere algo?

Mase permaneció rígido, algo aturdido en el primer momento tanto por el aspecto de Chloe como por su deliberada frialdad. Con todos los sentidos alerta para detectar cualquier posible peligro, volvió a escudriñar la tienda. ¿Por qué aparentaba no conocerlo?

Todas las posibilidades que se había planteado durante la larga búsqueda de Chloe, volvieron a salir a flote. ¿Estaba tratando de alertarlo? ¿La había obligado alguien a estar en aquel pueblo remoto? ¿Estaba bajo alguna presión? Con una rapidez que sorprendió a Chloe, Mase dio la vuelta al mostrador y se metió por la puerta que estaba detrás de ella.

–¡Eh, no puede entrar ahí!

Ignorando su protesta, echó un rápido vistazo a la trastienda. Había cajas de cartón apiladas hasta casi alcanzar el techo, varias vidrieras vacías y una avalancha de objetos relacionados con los deportes propios de la estación, pero ningún indicio que le hiciera sospechar a Mase de la existencia de alguna amenaza inmediata. Había una puerta abierta en la pared opuesta que comunicaba con un pasillo, y probablemente con las habitaciones de la casa. Con el ceño fruncido, se dio la vuelta para enfrentarse a una Chloe iracunda que alargó la mano tras de él y cerró de golpe la puerta de la trastienda.

–No sé qué es lo que está buscando, pero sea lo que sea, yo se lo daré, si puedo –agregó refunfuñando.

Mase se quitó las gafas de sol despacio y la miró fijamente. Si Chloe estaba actuando, lo estaba haciendo realmente bien. Y si no... Mase sintió que se le encogía el corazón. ¿Por qué fingía no conocerlo? ¿Qué demonios estaba ocurriendo? Escudriñó su cara y sus ojos, tratando de encontrar algún mensaje oculto.

La mujer que decía llamarse Chloe Smith levantó la barbilla y lo escudriñó a él con igual intensidad. En las casi tres semanas que llevaba viviendo en Crockett, había aprendido a manejar aquel tipo de miradas. Como había señalado Hannah sin rodeos, Chloe era la única chica joven casadera en 200 kilómetros a la redonda. La noticia de que Hannah la había contratado para hacerse cargo de la tienda mientras ella guardaba reposo para recuperarse de una rotura múltiple en el tobillo izquierdo, se había extendido como la pólvora. Todos los vaqueros que trabajaban en los ranchos de los alrededores de Crockett habían sentido de pronto la irreprimible necesidad de comprar unas botas nuevas o tabaco de mascar. El veterinario de un pueblo tan alejado como Custer iba a la tienda con dos veces más frecuencia de lo habitual para comprobar cómo andaban las existencias de penicilina que Hannah guardaba en el frigorífico junto con la leche y los refrescos. Incluso los deportistas que estaban de paso por la zona para cazar alces o para pescar en los lagos de las montañas habían comenzado a unirse a los que asiduamente se reunían en torno a la panzuda estufa por las mañanas.

Chloe se había acostumbrado a que se la comieran con los ojos, lo cual no quería decir que le gustara, especialmente cuando el que lo hacía tenía unos ojos color gris como el acero que brillaban con ardiente intensidad.

–¿Quiere usted algo?

En lugar de contestar, Mase lanzó su propia pregunta:

–¿Qué está pasando aquí?

A Chloe no le gustó el tono de su voz y retrocedió un paso:

–Dígamelo usted.

Él la siguió demasiado rápido y se situó demasiado cerca como para que Chloe se relajara. Sintió que su cabeza iba a estallar, como si le golpeara un martillo. El moretón hacía tiempo que había desaparecido, pero todavía seguía teniendo dolores de cabeza de vez en cuando. El accidente que los había originado ya no era más que un leve recuerdo. Recordaba vagamente cómo había salido del coche y cómo había caminado durante kilómetros por un tramo desierto y oscuro de autopista. También recordaba al camionero que la había recogido, y al médico que le había hecho la radiografía. Sin embargo, no podía acordarse de quién era. En algún lugar de aquel tramo vacío de autopista, había perdido su identidad, su dirección y su memoria. Todo lo que conservó eran las ropas que llevaba, un anillo de zafiro que le había dado su nombre de pila, pero no su apellido, y una vaga sensación de estar huyendo. De qué o de quién, no tenía ni idea.

Tal vez... el corazón comenzó a latirle con fuerza. Tal vez aquel hombre.

Lo miró con desconfianza. A primera vista no parecía el tipo de hombre del que huiría una mujer. Alto y musculoso, con unos hombros que tensaban las costuras de su camisa de franela. Su piel mostraba un moreno saludable propio de las personas que pasan mucho tiempo al aire libre, pero sin que el sol hubiera llegado a ajarla, produciendo esas arrugas características que Chloe había visto en la mayor parte de los habitantes del pueblo. Sus cejas negras se prolongaban por el entrecejo dando personalidad a un rostro que mostraba una firmeza que Chloe tuvo la sensación de que era fiel reflejo de su carácter. Chloe se fijó también en su ropa, propia de un cazador o de un pescador. De alguien que estaba de paso, que había ido tan sólo a hacerse con su presa. Chloe no dudó de que lo conseguiría. Pero, ¿era ella su presa? Un sentimiento de terror le recorrió la columna vertebral. Trató de disimular su miedo adoptando una actitud agresiva.

–Retírese, señor.

Su brusca amenaza tuvo un efecto contrario al deseado. En lugar de amedrentar al extraño, pareció encender una llamarada en sus ojos grises, y deliberadamente dio un paso hacia adelante.

–Atrás –repitió Chloe.

–Oh, no –dijo él sonriendo levemente–, creo que ése ha sido mi error desde el principio. Siempre me mantuve a distancia, cuando lo que realmente quería hacer... lo que debería haber hecho... es esto.

Antes de que Chloe pudiera reaccionar, la tomó por la cintura y la estrechó contra su pecho.

Ella exhaló una protesta cuando la boca de Mase se unió a la suya. La impresión la impidió reaccionar durante unos instantes, el tiempo suficiente para que él lograra atravesar sus barreras defensivas y conmocionara sus sentidos.

Aquel beso había contestado una de las preguntas que rondaban la cabeza de Chloe. No conocía a aquel hombre. O más exactamente jamas lo había besado con anterioridad. No de esa forma. Era imposible que se hubiera olvidado de la impresión que le había causado el sentir su boca contra la de él. No podía haber huido del calor que su tacto le imprimía en las venas. Por un instante tuvo la absurda sensación de que la búsqueda de ese beso era la que le había llevado a Crockett.

Entonces, la confusión y la preocupación que la habían embargado en las últimas semanas volvió a hacer su aparición. Se liberó del abrazo de aquel extraño y retrocedió. En aquel momento el temor que había sentido minutos antes se había convertido en furia.

–¿Quién es usted?

Pasó un largo rato antes de que él contestara. Un rato demasiado largo para el estado de nervios de Chloe. Temblorosa y todavía furiosa se refugió tras el mostrador. Clavó las uñas en la madera, y su voz tembló de rabia.

–¿Quién es usted? ¿Y por qué demonios se cree con derecho a comportarse conmigo como lo ha hecho?

Por un instante los rasgos de la cara de Mase se endurecieron algo más, si es que eso era posible.

–Mi nombre es Mase –dijo deliberadamente–. Mase Chandler.

Chloe trató de hacer memoria, deseosa de que

aquel nombre le trajera algún recuerdo, pero no encontró nada. Por un instante había temido... había esperado...

El inconfundible sonido de un gatillo hizo que Chloe moviera la cabeza. Al otro lado del mostrador, frente a ella, todos los músculos del cuerpo del extraño parecían haber quedado paralizados. Tenso como un cable de acero, se volvió y miró fijamente los dos cañones gemelos de una escopeta de calibre 12.

# *Capítulo Tres*

Con el corazón martilleando, Chloe se dio la vuelta y encaró a la mujer de cutis de cuero que estaba de pie con una escopeta bajo un brazo y una muleta de metal bajo el otro.

–¡Hannah!

La propietaria del almacén no quitaba el ojo de encima al hombre que estaba al otro lado del cañón de su escopeta.

–¿Tienes algún problema, chica?

La lacónica pregunta disipó la tensión que atenazaba a Chloe. Más preocupada ahora por el hecho de que su patrona se hubiera levantado de la cama en contra de las vehementes órdenes del doctor que por su reacción ante el beso del extraño, sacudió la cabeza.

–Nada que no pueda manejar.

–Bonita manera de manejar las cosas, si quieres saber mi opinión –dijo la mujer con su acento nasal.

Chloe se sonrojó, pero ya sabía que la lengua ácida de Hannah se daba la mano con un corazón más grande que el cielo de Dakota. Ella llevaba ya un par de días vagabundeando por la ciudad cuando la propietaria del almacén se había caído de una escalera y había ido reptando sobre su vientre hasta la calle para pedir ayuda, arrastrando tras ella su tobillo destrozado. La irritable propietaria había contratado a Chloe allí mismo, para que llevara la tienda mientras ella guardaba cama. Hannah había dejado a un lado nimiedades como referencias o identificación. Era muy buena calando a la gente, informó a Chloe con malhumor. No le importaba un pimiento de dónde venía ni a dónde iba. El trabajo era suyo, si podía hacerse con él. Incluía una habitación y cualquier comida que quisiera preparar. Si no, las encargaría en el café del pueblo.

Chloe había tomado la oportunidad al vuelo, dando por hecho que sus responsabilidades se centrarían básicamente en controlar las ventas en la caja registradora de latón, pasada de moda, que presidía el mostrador. Tres semanas e incontables horas de reponer estanterías, barrer suelos, abrir cajas y arrastrar sacos de veinticinco kilos por el suelo la habían sacado de su error. El trabajo era agotador y aparentemente interminable. Con el almacén abierto desde las ocho de la mañana hasta las nueve de la noche ella se ganaba cada céntimo del sueldo que Hannah le pagaba, además de la habitación y la comida. Además, se había hecho cargo de las tareas de enfermera y acompañante, a pesar de que Hannah refunfuñara que podía cuidarse de sí misma.

Preocupada por las profundas líneas blancas que habían aparecido a ambos lados de la boca de su paciente, Chloe se acercó a ella con rapidez.

–Tenemos que llevarla a la cama. El especialista de Rapid City dijo que no debía apoyarse en ese tobillo hasta que le hubieran quitado los clavos.

–Si le hiciera caso y me quedase tumbada durante seis semanas me saldrían unos granos como patatas –manteniendo el nivel de la escopeta con la facilidad del que está acostumbrado a su peso, cambió de postura y miró de nuevo al extraño de arriba abajo–. ¿Cómo dijo que se llamaba?

–Chandler, Mason Chandler.

–Ajá. ¿Y usted va por ahí besando a la primera chica que encuentra, o es que hay algo en especial con nuestra Chloe aquí presente?

Mase no sabía cuál sería la mejor respuesta a aquello. Ya había destrozado su cobertura dándole su nombre a Chloe... aunque su verdadera identidad no parecía importarle. Se le ocurrió la idea absurda de que ella podría estar fingiendo que no lo reconocía, para hacerle pasar las de Caín por la escena de su oficina. La desconsideró inmediatamente, daba la sensación de que Chloe realmente *no* lo conocía.

Una línea de sudor frío le corrió entre los omóplatos. Su adiestramiento médico como agente secreto había consistido en cosas tan útiles como vendar heridas de bala, administrar suero anti veneno de serpiente y tratar miembros congelados. Lo poco que había leído sobre amnesia le hizo vacilar sobre si debía revelarle su identidad. Necesitaba asesoramiento médico de un experto, y pronto. Mientras tanto, tenía que responder algo a Hannah.

–Definitivamente hay algo en especial con Chloe –dijo sin faltar a la verdad–, cualquiera que tenga ojos en la cara podría verlo. Pero no debía haberla asaltado como lo hice.

–Mm –los ojos acuosos de la mujer mantuvieron su mirada un par de segundos, luego bajó la escopeta y puso el seguro con un movimiento rápido del pulgar.– ¿Te suena como si te estuviera pidiendo excusas, Chloe?

–Más o menos –dijo ella, evidentemente poco impresionada–. Vamos, Hannah, tienes que volver a la cama.

–Un momento, chica, un momento –la anciana inclinó la cabeza, de cabellos cortos y blancos que formaban como un halo, que le hubiera dado la apariencia de un duende si no fuera por su rostro curtido por el viento y el sol, y por sus ojos perspicaces–. Así que, ¿qué es lo que le trae por aquí, Chandler?

–La caza.

–La temporada del alce no empieza hasta dentro de dos días.

–Pensé que estaría bien pescar un poco, antes.

–Y lo hizo ¿no?

Impaciente por ir a un teléfono, Mase dio la investigación por finalizada:

–Vine a comprar un permiso de pesca. Volveré más tarde, cuando haya puesto a reposar a ese tobillo.

–Nunca dejo ir a un cliente que paga, chico.

Llena de espíritu de los negocios, Hannah apoyó la escopeta sobre el mostrador y se dirigió a una caja de madera, o eso intentó. Después del primer paso la muleta tropezó en una desigualdad del suelo, su pierna buena se torció. Gimió de dolor y se cayó hacia atrás. Mase la sujetó justo antes de que se golpeara contra el duro suelo de madera.

Chloe iba por delante, mostrándole apresuradamente el camino, mientras él acarreaba a una balbuciente y absolutamente contrariada Hannah a través del atiborrado almacén hacia el recibidor que había entrevisto antes. El recibidor daba a una cocina por un lado y a una mezcla de cuarto de estar y oficina, que había sido convertida en dormitorio para la inválida. Una estrecha escalera conducía, dedujo Mase, a los dormitorios del piso de arriba.

Moviéndose con cuidado para evitar cualquier contacto entre la abultada venda que protegía el tobillo de Hannah y el marco de la puerta, la depositó con suavidad sobre las mantas amontonadas en el sofá. Cuando ella se acomodó, poniendo la pierna sobre una almohada, el color desapareció de su cara. Chloe dijo con preocupación:

–Va a ser mejor que tomes una de tus pastillas para el dolor. Te traeré un poco de agua.

–No pienso tomar esas malditas pastillas, me atontan.

–Te dan sueño –contestó su enfermera–, y lo que necesita tu tobillo es, precisamente, descanso.

Hannah dio un bufido pero no discutió más. Mase esperó a que Chloe hubiera vuelto con el vaso de agua para excusarse. Tenía su propio paciente de que ocuparse.

–Volveré por el permiso más tarde, cuando no esté tan ocupada.

Chloe se limitó a asentir con la cabeza, pero le siguió con la mirada hasta el recibidor. Se mordió el labio inferior, luchando con una urgencia inexplicable de llamarlo para que volviera.

No había sentido removerse nada en su memoria cuando él dijo su nombre, y hubiera apostado lo poco que poseía en aquel momento a que él nunca la había besado antes. No con aquella concentración que rompía el alma, en todo caso. Y aún así, sintió un brote de pánico al pensar que podía irse del almacén y de Crockett.

¿Por qué le importaba? ¿Quién era él? ¡Oh, Dios!

¿Quién era ella? Y más importante ¿de qué estaba huyendo? ¿Y por qué? Las mismas preguntas que le habían acosado durante semanas hicieron ahora que le temblara la mano que sostenía el vaso de agua.

–¿Lo conoces, niña?

Volvió a fijar sus ojos en Hannah. La comprensión que había en su rostro curtido calmaron su pánico incipiente, como había sucedido tantas veces en las últimas semanas.

–No... No puedo... –suspiró temblorosa–. No.

Una palma áspera acarició su mano.

–No pasa nada, Chloe, no te inquietes, cuando estés lista recordarás.

–¿Y si nunca estoy lista?

–Cada cosa a su tiempo, tómatelo con calma.

–¿Tengo otra opción? –preguntó ella con una sonrisa insegura.

–Puede que sí, o puede que no.

Hannah frunció el ceño cuando su joven ayudante se puso en pie. Odiaba la impotencia que la mantenía en aquel condenado sofá casi tanto como odiaba su incapacidad para borrar las sombras de los ojos de su joven amiga.

Había sabido, desde el primer momento en que la esbelta rubia con vaqueros recién comprados y una brillante sudadera amarilla apareció por el almacén, que Chloe Smith era algo más que una simple vagabunda. Igual que sabía que Mase Chandler era algo más que un cazador ocasional. Había visto lo suficiente en sus sesenta años como para considerarse buena entendedora de caballos y una juez justa de hombres. A pesar de que el beso de ese tal Chandler había sacudido a Chloe hasta los talones, su instinto le decía que él no le quería ningún mal. Tendría un ojo puesto en la chica, sin embargo, por si acaso... y se aseguraría muy bien de que el resto de los habitantes de Crockett vigilaran a Chandler.

–Acércame el teléfono, chica –dijo con vivacidad, olvidado ya su accidente– Llamaré a Harold para encargarle la cena.

Mase condujo por las cuatro casas que formaban el centro de Crockett, fijándose en el puñado de edificios de su única calle, en busca de un hotel. Lo más parecido que pudo encontrar fue un edificio de madera de dos plantas pintado de plateado. Bajo una baqueteada cabeza de alce un cartel desteñido proclamaba que el lugar alojaba: las «Oficinas del Alcalde» el «Estudio de Taxidermia de Dobbins» y el « Café y Sala de Billar de Crockett». Una tira de cartón clavada con chinchetas anunciaba habitaciones de alquiler en temporada de caza.

Diez minutos más tarde el gordo alcalde, taxidermista y restaurador condujo a Mason a una habitación generosamente decorada con muestras de su arte. Una trucha arcoiris y una codorniz compartían espacio en la pared con un lince de lomo arqueado. Una cabeza de ciervo con una red completa de cuernos estaba colgada sobre la estrecha cama, a la altura justa para contemplar con satisfacción su reflejo en el espejo de la cómoda.

Le costó un poco, pero Mase, por fin, consiguió apartar a su locuaz patrono de la puerta, dejar su bolsa de viaje sobre la colcha y tomar el teléfono portátil que llevaba en el bolsillo de la camisa. Tres llamadas y diez minutos más tarde, Pam Hawkins contestaba su señal en clave.

–¿La encontraste?

–La encontré – le hizo a Pam un somero resumen de la situación y luego fue directo al motivo de su llamada–. Acabo de contactar con la clínica de Mitchell y les he dicho que le enviaba un mensajero para recoger el informe médico y las radiografías que le hicieron a Chloe.

–Me ocuparé de ello.

Mase sonrió levemente ante la respuesta, simple y exenta de tonterías. Ahora que había encontrado a su prometida y se había asegurado de que no estaba en peligro inminente, estaba forzando las cosas al utilizar de esa manera a sus contactos. Afortunadamente, a Pam esas sutilezas le preocupaban todavía menos que a él.

–Envía las radiografías a la oficina de Chicago del Doctor Peter Chambers, está esperándolas.

Su socia silbó.

–Chambers es uno de los neurólogos más prestigiosos del país ¿no?

–Está en todas las listas.

–Llámame cuando hayas hablado con él ¿vale?

–Lo haré. Y gracias, Pam.

Mase cortó la conexión, luego sopesó el pequeño aparato en su mano. La próxima llamada sería para Emmet. No era algo que estuviera deseando. El padre de Chloe había perdido el sueño y mucho peso en las últimas tres semanas. Sus hermanos no estaban mucho mejor.

La mitad del clan Fortune, tía abuela Kate incluida, había querido volar a Crockett cuando Mason anunció que había localizado a su prometida y que iba a ir a buscarla. No sabiendo cuál podía ser la situación, Mason los había persuadido para que se quedasen en casa hasta que él telefoneara.

Ahora tendría que informar a Emmet del estado de Chloe.

La llamada resultó ser tan explosiva como se temía. Emmet Fortune le lanzó una furiosa filípica, primero por provocar la maldita discusión que había hecho que su hija huyera en la noche, después por haber rehusado llevarle con él cuando fue a buscarla. Sólo la perspectiva de una conferencia a tres con el neurocirujano impidió que el padre de Chloe colgara el teléfono y saliera volando a Dakota del Sur.

Mantuvieron la conferencia tres horas más tarde. El doctor Chambers resultó ser tan calmado y profesional como le habían informado a Mason.

–Hubiera preferido examinar un escáner completo, pero las radiografías que envió son sorprendentemente buenas. El doctor de Mitchell sabía lo que estaba haciendo.

–¡Y un cuerno! –bufó Emmet–, el imbécil diagnosticó una contusión, una contusión, por Dios bendito, y dejó que Chloe se fuera sola.

–Diagnosticó una contusión leve –corrigió Chambers– como se evidenciaba por el rasguño en su sien. No había ningún otro indicio de trauma, ni su hija se quejó de dolor o confusión cuando la vieron, sólo una leve desorientación. No le dijo al doctor que padecía de pérdida de memoria cuando la examinaron.

–Sí –explotó Emmet– y me gustaría saber por qué.

–Sólo puedo especular con respecto a eso, pero la pérdida de memoria a corto plazo es más frecuente de lo que pueda imaginar en accidentes como el suyo. Las víctimas generalmente tratan de ocultar su situación. Están confundidos y asustados por su incapacidad para recordar quiénes son y dónde están. Muchos esperan que la memoria vuelva si actúan lo más normalmente posible.

–¿Y volverá? –preguntó Mase apretando el teléfono con los nudillos blancos. Tenía la sospecha de que Emmet estaba haciendo lo mismo al otro lado del teléfono.

–En la mayoría de los casos, sí. Siempre que otro shock o trauma no haga que el paciente que aleje aún más.

–¡Otro trauma! ¡Nadie va a asustar o herir a mi niña! No, si vivo para impedirlo.

Mase no se dio por enterado de la explosión de furia de Emmet.

–¿Qué recomienda?

–No la fuercen. Dejen que sea ella la que marque el ritmo de su recuperación.

–¿Quiere decir que no debemos decirle quién es? –preguntó Mase.

–¿Ni traerla a casa? –farfulló Emmet.

Chambers vaciló, pero no había llegado a la cumbre de su especialidad por esquivar sus opiniones.

–Me ha dicho que ella no le ha reconocido, Chandler, y usted es su prometido. Lo más probable es que no reconozca su propio nombre si se lo menciona. No, en este momento yo no le arrojaría su identidad ni le haría afrontar a un montón de parientes y amigos. Denle algún tiempo.

–Porque usted lo diga – gritó el padre– quiero una segunda opinión.

–Es usted libre de consultar con quien le plazca –replicó el doctor–, puedo enviarle a un especialista de Nueva York.

Su razonable respuesta no aplacó al padre de Chloe. Más bien, cambió de táctica.

–Voy a ir allí, Chandler.

Mase apretó el teléfono, sabiendo que no iba a ganar puntos con su futuro suegro.

–¿Por qué no terminamos la conversación con el doctor y hablamos luego de ello?

Quince agotadores minutos más tarde, Mase colgó el teléfono. Emmet estaba decidido a obtener una segunda e incluso una tercera opinión. Había accedido a permanecer en Minneapolis ¡por el momento! Pero dejó muy claro que colgaría la piel de Mase en la pared de su cuarto de trofeos si algo o alguien hacía daño a Chloe.

Con aquella promesa sonando en sus oídos, Mase se planteó su siguiente movimiento. El torturante olor a cebollas fritas que se deslizaba bajo la puerta inclinó la balanza. No recordaba haber tomando nada más que café desde la noche en que desapareció Chloe.

Deslizó el teléfono en el bolsillo de su chaqueta y se dirigió a la puerta, pero tuvo que volverlo a sacar cuando zumbó contra su pecho. Una rápida mirada al número le indicó que la llamada era segura.

–¿Qué pasa, Pam?

–Pensé que te convenía saber que Dexter Greene acaba de aparecer. Nos han informado de que alquiló un coche en el aeropuerto de Minneapolis bajo un falso nombre. El coche fue visto el día siguiente, aparcado a unas pocas manzanas de tu casa.

–¡Qué me dices!

–Lo estamos siguiendo, Mason, o eso intentamos. Es tan resbaladizo como lo era su hijo y el doble de listo. ¿Cuándo vuelves para ayudarme con esto?

–No vuelvo. Es todo tuyo.

–¿Qué?

–Me voy a quedar en Crockett una temporada. Con Chloe.

–Ah. ¿Cuál es el diagnóstico? –preguntó Pam, con cierto retraso.

–El doctor Chambers dice que puede tardar un poco en recobrar la memoria.

–Sólo por curiosidad, ¿cuánto tiempo es un poco?

–Sea lo que sea, estaré con ella.

Un breve silencio fue la respuesta de Pam a aquella frase. Mase colgó unos momentos más tarde y bajó las escaleras.

Decidió comer cualquier cosa y volver al almacén. Según el cartel de la puerta estaban abiertos hasta las nueve y él le había dicho a Chloe que volvería por su licencia de pesca. Era una excusa tan buena como cualquier otra para restablecer el contacto con ella.

Suponiendo que ella quisiera hablarle después de sus tácticas de hombre de las cavernas.

Mase no podía echar la culpa a nadie más que a él por aquel error garrafal. Se había sentido tan aliviado al encontrarla y tan tremendamente hambriento de su boca, que había dejado a un lado todas las restricciones que había respetado en su largo compromiso.

Ahora tenía que afrontar una nueva serie de limitaciones. No podía tocarla, ni mucho menos saborearla, hasta que recobrara la memoria. O, pensó porfiado, hasta que ganase su confianza. En cualquier caso los próximos días, semanas o meses, podrían resultar aún más duros de lo que había sido el año anterior.

La perspectiva hizo que se le pusiera mal gesto al entrar en lo que era una combinación de salón de billar, bar y restaurante.

–Siéntese en un taburete –le dijo alegremente Dobbins desde el otro lado del mostrador, donde tenía la parrilla–. Le prepararé lo suyo en cuanto termine con este encargo de cebollas para la señorita Hannah, le gustan churruscantes.

Mase se sentó en un taburete bajo la atenta mirada de una cabra montés de cuernos retorcidos y bebió un largo sorbo de cerveza. Bajando la botella husmeó apreciativamente el montón de cebollas suculentas y el hígado frito.

–¿Viene Hannah aquí a comer?

–Lo hacía hasta que se rompió el tobillo –contestó Dobbins con un encogimiento de hombros–. Desde que está en la cama viene Chloe a recoger su cena.

–Así que viene ella –Mase jugueteó pensativo con la botella– ¿Por qué no le evito un paseo y le llevo la cena al almacén? Puede añadir otra ración de hígado y cebollas para mí.

El alcalde obedeció, poniendo otro filete de hígado en la parrilla y le dijo, riéndose:

–Espero que no esté pensando en una agradable cena con la señorita Hannah y Chloe. La una es demasiado agria para pasar por esas bobadas y la otra...

–¿La otra?

Dobbins hizo volar una nube de cebollas con un movimiento de su espátula.

–Bueno, digamos que no es usted el único varón de los alrededores que tiene cenas y cosas así en la mente, Chandler – Mase frunció el ceño. Antes de que pudiera pedir una explicación, la sonrisa del alcalde se desvaneció–. No es que Chloe preste ninguna atención a los carneros jóvenes que van tras ella. Alguien ha hecho daño a esa chica. Mucho.

Se giró y empuñó la espátula en la dirección de Mase. El brusco movimiento envió un arco de cebollas al otro lado del mostrador. Aterrizaron en la chaqueta azul del cliente, pero Dobbins no parecía haberse dado cuenta. Su cara regordeta se había endurecido con un gesto de fiera protección.

–Hay algunas personas en Crockett que no nos tomaríamos a bien el ver que alguien vuelve a herirla.

–Puede incluirme entre ellos.

Dobbins le observó durante unos instantes, luego asintió con la cabeza y volvió a su parrilla. Mase, pensativo, retiró las cebollas de su pecho y se las llevó a la boca, luego echó otro trago de la botella mientras esperaba. No le sorprendía que el alcalde y la resuelta propietaria del almacén hubieran tomado a Chloe bajo su tutela. Su alegre sonrisa había conquistado más corazones que el de Mase.

Tan pronto como Dobbins hubo puesto la cena en una bolsa, Mase la recogió, dando instrucciones para anotarlo en su cuenta. La impaciencia por volver a ver a Chloe le roía por dentro aún con mayor intensidad que su hambre, ahora canina.

Ya en el exterior decidió recorrer andando los cincuenta metros que le separaban del almacén.

Crockett no podía alardear de aceras de ninguna clase, sólo la carretera que cruzaba el pueblo. Avanzó a zancadas largas, llenando sus pulmones del aire limpio de la montaña. Una lechuza ululó en la distancia. El aullido solitario de un coyote respondió unos segundos más tarde.

Mase llegó al Almacén General de Crockett en unos minutos. Tuvo que admitir que el lugar tenía mejor aspecto de noche. La luna llena colgada sobre las altas cumbres de granito que rodeaban Crockett le daba a la deslucida fachada del almacén un brillo plateado. Una luz cálida y dorada salía de sus polvorientas ventanas. Incluso los cubos y cajones apilados en el porche atestado tenían un especial...

Mase se quedó rígido, atisbando las sombras del otro lado del porche. Su cuerpo estaba tirante como el alambre cuando captó otro asomo de movimiento. Apenas tuvo tiempo para identificar el brillo de la luna sobre el cabello rubio claro cuando el grito agonizante de Chloe rasgó el aire de la noche.

# *Capítulo Cuatro*

Con el grito de Chloe golpeándole en los tímpanos, Mase reaccionó instintivamente. Lanzó por los aires la bolsa de papel que tenía entre las manos, y con un único movimiento, estrajo la Glock de la funda de piel que la sujetaba al tobillo, quitó el seguro y se lanzó hacia las sombras del porche. Se golpeó la espinilla con un cajón de madera, y tropezó con un gran saco de patatas que apartó de un puntapié, y saltó por encima de una maraña de cuerda, antes de poder llegar al lado de la desesperada figura que estaba en el extremo opuesto del porche.

–¡Dios mío!, ¡Dios mío!, ¡Dios mío!

Se apartó de él agitándose, con la cara contorsionada. El corazón de Mase estaba a punto de salírsele del pecho mientras escudriñaba las sombras en busca de la desconocida e invisible amenaza

–¿Qué pasa, Chloe? ¿Qué ocurre?

–¡Oh, Dios!

–¡Qué ha pasado! ¡Dímelo!

La orden tajante logró al fin hacer reaccionar a Chloe. Frotándose las manos una y otra vez contra los pantalones vaqueros, logró articular una respuesta:

–Yo estaba... buscando el interruptor del congelador... y metí la mano... en la caja del cebo.

–¿Qué?

–¡Los gusanos! –gritó–. ¡Metí la mano entre los dichosos gusanos!

Mase la miró. Sentía cómo la sangre le golpeaba en los oídos. Todos los músculos de su cuerpo estaban listos y deseosos de actuar para protegerla. Había dejado su sangre fría en la calle con el hígado y las cebollas y se había abalanzado al porche para rescatar a Chloe de los gusanos.

Afortunadamente ella estaba demasiado absorta en la limpieza de sus manos como para percatarse de la presencia del arma o de lo alterado que él estaba.

–¡Oh, qué asco! tengo mugre y porquería por todo el cuerpo.

Mase la tomó por el codo y la llevó hacia la ventana:

–Acércate a la luz. Te quitaré los gusanos.

Se puso en cuclillas frente a ella y le sacudió los pantalones. En el proceso cayeron al suelo algunos restos de gusano. Con un «arrrgh» de disgusto, Chloe pataleó un par de veces más. Las patatas que Mase había tirado saltaron sobre las tablas. Él pasó las manos por las piernas y por las zapatillas de Chloe por última vez.

–Ya estás limpia.

–No del todo –sacudiéndose se apoyó contra el escaparate–. ¡Agh! Tengo el presentimiento de que me voy a pasar la noche soñando con seres reptantes.

Mase apoyó las muñecas sobre las rodillas y trató de controlar, sin mucho éxito, una sonrisa burlona. Chloe percibió la mueca y protestó:

–No te parecería tan divertido si esas repugnantes criaturas se hubiesen estado paseando por tus piernas.

–No, me imagino que no.

Borró la sonrisa de su cara, pero no pudo resistir la tentación de llevar la broma un poco más lejos:

–Los gusanos no son tan horribles. De hecho, son interesantes si se tiene en cuenta que sin tener pulmones ni branquias son capaces de respirar debajo del agua y debajo de la tierra.

–Interesante para ti, tal vez.

–¿Sabías que el cuerpo del gusano terrestre común está dividido en unos ciento cincuenta segmentos aproximadamente? Cada segmento se mueve de forma independiente para avanzar.

Chloe lo miró fijamente:

–¿Qué eres tú, algún tipo de gusanófilo?

La sonrisa volvió a su rostro:

–No. Pero estaba profundamente enamorado de mi profesora de biología en el Instituto. La señorita Bellario... el sueño de cualquier adolescente hecho realidad.

Chloe volvió a resoplar:

–Déjame adivinar. Guapa, inteligente, y con un cuerpo de película.

–Lo has captado.

Mase trató de combatir la sensación de irrealidad que lo embargaba. En ningún momento se había imaginado que su relación con Chloe, tras el reencuentro, incluiría limpiarle la ropa de gusanos o hablar sobre la señorita Bellario. Tampoco se había imaginado a su sofisticada prometida llevando zapatillas de deporte y vaqueros baratos y una camiseta de manga larga que mostraba muchos de los atractivos de Dakota del Sur. Y «sus» atractivos también, se percató Mase de pronto, perdiendo todo interés por continuar la broma.

La luz que provenía de la ventana que tenía Chloe a su espalda, dejaba su cara en la sombra, pero acentuaba todas sus curvas. El deseo que había reprimido durante tanto tiempo le golpeó a Mase directamente en el pecho. Con la garganta seca, extendió una mano. Tal vez si hablaba con ella. Sólo hablar con ella.

–Chloe...

–Ya estoy bien. Pringosa, pero bien –se frotó las palmas de las manos contra los vaqueros por última vez, y le dedicó a Mase una sonrisa–. Gracias, señor Chandler.

Aquello fue otro golpe bajo. Más fuerte, mucho más directo.

–Mase –dijo él lentamente–. Mi nombre es Mase.

–Gracias, Mase –giró la cabeza mientras estudiaba su cara a la luz de la ventana–. Y gracias por sujetar a Hannah esta tarde.

–De nada. Me alegro de haber estado lo suficientemente cerca como para poder agarrarla.

–Yo también. Lo último que necesita es otra caída.

–¿Fue eso lo que le pasó? ¿Se cayó?

–Directamente desde el escalón más alto de la escalera. Estaba comprobando la fecha de caducidad de las cajas de cereal.

–Suena como un trabajo peligroso para alguien de su edad.

–Supongo que habrás venido a recoger el permiso de pesca –dijo Chloe, apartándose del escaparate–. Ven adentro. Me lavaré y te extenderé el permiso.

–Ésa no era la única razón por la que había vuelto –confesó mientras levantaba el saco de patatas con el que había tropezado en su carrera por el porche–. Traía vuestra cena. Hay un par de raciones de hígado con cebollas por aquí tiradas en alguna parte.

La risa de Chloe le llegó al alma.

–Así que eso es lo que estaba oliendo. Por un instante dudaba de si sería yo, o los gusanos, o...

–¿O yo?

–Bueno... –olió delicadamente–. El aroma parecía acompañarte.

Mase decidió que sin duda aquélla no era su noche. Buscó tras él tratando de localizar la bolsa que había tirado al ponerse a buscar su pistola.

–Me temo que nuestra cena ha aterrizado en el barro, con los gusanos.

–¿«Nuestra» cena?

–El alcalde Dobbins puso una ración más –contestó suavemente–. Llevo bastante tiempo sin comer, y me sonaban las tripas como para despertar a un muerto.

Como si quisiera corroborar la afirmación, el estómago de Mase emitió un largo gruñido de protesta.

–Volveré al café a hacer otro pedido mientras te lavas –se ofreció Mase.

–No te preocupes. El hígado con cebolla no es precisamente mi plato favorito...

A Mase se le aceleró el pulso. ¿Cómo se acordaba de eso? ¿Qué era lo que recordaba de sus gustos y de sus fobias? ¿Estaba empezando a recordar?

–...del menú de Harold –concluyó Chloe sin percatarse de la momentánea tensión de Mase–. Hannah y yo nos arreglaremos con unos sándwiches por esta noche.

–A mí tampoco me entusiasma el hígado frito. Me parecen bien unos sándwiches.

Estaba imponiéndose. Chloe lo sabía y no acababa de gustarle, Mase pudo notarlo en la duda que reflejó su rostro, y en la mala gana con que lo invitó:

–Vamos dentro, entonces. Puedes hacerle compañía a Hannah mientras me lavo y preparo las cosas.

Los goznes de la puerta crujieron, y aunque no era la primera vez que veía el interior de la tienda, la abundancia y variedad de objetos volvió a sorprenderlo.

–¿Necesitan los habitantes de Crockett alguna vez algo que no haya en esta tienda?

Chloe echó una ojeada a las abarrotadas estanterías:

–Si lo necesitan a mí todavía no me lo han pedido.

–¿Es verdad eso? ¿Cuánto tiempo llevas trabajando aquí?

Al oír la pregunta la sonrisa de Chloe se nubló, hasta desaparecer por completo, y se tensó la piel de su rostro.

–Algún tiempo. Vamos. Le diremos a Hannah que estás aquí, y después me lavaré.

Mase la siguió por la trastienda hasta la vivienda que había detrás de la tienda. No le costó trabajo interpretar el sentido de su respuesta evasiva o la tirantez de sus hombros. El mensaje le llegó alto y claro. No confiaba en él. Al menos no lo suficiente como para hablar de su aparente amnesia. Después de su comportamiento horas antes, no la culpaba. Todavía tendría que esforzarse mucho para que Chloe perdonara su atrevimiento. Y también, pensó entristecido, para hacerle entender lo ocurrido en su oficina.

Cuando Chloe recobrara la memoria le pediría una explicación. Mase tenía la explicación lista. Le diría la verdad, aunque no fuera fácil. La idea de volver a mentirle, le dejaba un gusto amargo en la boca. ¡Demonios!, pensó, ¿por qué había tanto engaño en su relación con Chloe? Él no había tratado de engañarla deliberadamente. Había trabajado para el gobierno durante años antes de que ella regresara de París y pasara a formar parte de su vida. Había dirigido un par de operaciones especialmente peligrosas durante su largo noviazgo, pero había tomado la decisión de abandonar su trabajo como agente secreto. No sería justo para Chloe que él continuara con una doble vida que continuamente le ponía en el punto de mira, incluso aunque ella no supiera nada de aquello. Sin embargo, era imposible negar que la había mentido por omisión.

Lo mismo podía decirse de su noviazgo ficticio. Ciertamente había sido idea de Chloe, y no de él, pero él se había aprovechado sin duda de la oportunidad que ella le había brindado para acercarse cada vez más a ella. Unos días más, un par de semanas como mucho, y podrían haber desvelado las mentiras y subterfugios, dando paso a la amistad y el deseo que subyacían en su relación.

Pero ahí estaba él, pensó Mase con ironía, perpetrando otra farsa. Pretendiendo que no conocía a Chloe. Manteniendo la distancia y el silencio, cuando lo que su cuerpo le pedía era acunarla en sus brazos para mitigar el miedo y la confusión que debía estar sintiendo. Mase esta empezando a vislumbrar lo difíciles que serían los próximos días o las próximas semanas, mientras Chloe lo conducía al cuarto de estar.

–¡Eh!, Hannah –dijo con una alegría forzada que a él le hirió terriblemente el corazón–. Mase está aquí.

Desde su refugio de edredones, la anciana lo miró, sin hacer ningún comentario en relación al hecho de que la anciana lo llamara por su nombre de pila.

–Nos traía la cena desde el café, pero el paquete ha acabado en el barro, junto con la mitad de tu remesa de gusanos.

–¿Cómo es posible?

–Dejaré que él mismo te lo explique. Tengo que limpiarme, y después prepararé unos sándwiches.

Mientras se oían a lo lejos los pasos de Chloe subiendo la escalera de madera, Hannah señaló con la mano el sillón que estaba al otro lado de la mesa de pino.

–Siéntese, Chandler. Tengo que admitir que estoy algo intrigada por saber cómo es que mi cena ha ido a parar a la boca de los gusanos, y tengo curiosidad por saber también otras cosas.

La duda con la que Hannah lo miraba mostraba más claramente que cualquier palabra que no se fiaba de él, más de lo que Chloe lo hacía. Mase se dio también cuenta de que iba a enfrentarse a un severo interrogatorio. No es que él dudara de su capacidad para eludir cualquier pregunta que se acercara demasiado a la verdad. Todavía tenía las cicatrices resultantes de su incómodo encuentro con los traficantes colombianos que trataron sin éxito de desenmascarar un par de años antes.

Sin embargo tenía que admitir que no se había imaginado que pasaría las primeras horas después de haber encontrado a Chloe, respondiendo a las preguntas de su protectora. O compartiendo unos sándwiches en un pequeño y atestado cuarto de estar. Sus planes originales de llevarse a su novia a un hotel le volvieron a asaltar como para reírse de él. Las imágenes le llegaban a la mente en tecnicolor: Chloe sonriendo comprensiva mientras él le explicaba su relación con Pam. Chloe encendida de pasión cuando el la besara olvidándose del control que había mostrado en los últimos meses. Chloe desnuda, ardiente, deseándolo tanto como él la deseaba a ella...

Con un gesto de frustración silencioso, Mase archivó las imágenes para otro día. Para otra noche.

Como era de esperar, Hannah esperó tan sólo a dejar de oír los pasos de Chloe en la escalera para iniciar el interrogatorio:

–Entre nosotros dos, Chadler, quiero saber qué le ha traído a Crockett... y qué es exactamente lo que está cazando.

–He venido a buscar a Chloe.

–¿Por qué?

–Porque es mi prometida.

–Ajá.

–No parece estar muy sorprendida.

–No lo estoy –respondió Hannah–. Me imaginé que o era tu esposa o iba a serlo. También sabía que era sólo cuestión de tiempo el que alguien viniera a buscarla. Pero, ¿por qué huyó de ti?

Con los años Mase había aprendido que la mejor salida es la que presenta menos subterfugios. Los detalles elaborados y las identidades complejas pueden alargar los interrogatorios... en especial los colombianos.

–Entró en mi oficina y me encontró con otra mujer entre los brazos.

Mase no dio explicaciones, ni se excusó. Eso era algo que debía a Chloe y sólo a Chloe.

–Tienes suerte de que sólo saliera huyendo, Chandler. Por lo que he podido comprobar en las últimas semanas, esa chica tiene las suficientes agallas como para agarrar mi escopeta y lanzarte al espacio si se lo propone.

–Voy a hacer todo lo posible para que no se lo proponga.

–Ajá.

El mensaje monosilábico era claro. Si volvía a hacer daño a Chloe, voluntaria o involuntariamente, Hannah se encargaría de él.

–¿Por qué no le has dicho quién es, o quién eres tú?

–Después de haberla visto esta tarde, y tras comprobar que no me reconocía...

–Después de haberla besado y comprobar que no te reconocía, querrás decir –dijo la anciana mujer con una pícara sonrisa–. Eso ha herido un poco tu ego, ¿no es cierto?

–Digamos que me llevó a consultar a uno de los principales neurocirujanos del país. Hablé con él durante un rato después de salir de aquí. Él recomienda dejar que Chloe encuentre su propio camino de vuelta, a su ritmo.

–¿Qué hay de su familia? ¿Están de acuerdo?

–Más o menos.

Mase ni siquiera pestañeó ante la dudosa veracidad de la respuesta.

–Así que no vas a decirle nada.

–No, hasta que no pregunte.

–¿Ah, si? ¿Y si no pregunta nunca?

–Me preocuparé por eso cuando llegue el momento

Hannah permaneció callada durante un rato. Mase decidió que el interrogatorio había terminado cuando la boca de Hannah dibujó una sonrisa tensa.

–Bien, voy a decirte esto, jovencito. Chloe Smith llegó aquí sin saber una sola palabra de lo que era trabajar en un almacén de pueblo, pero ha aprendido deprisa, muy deprisa.

–Eso no me sorprende. Chloe proviene de una familia de importantes hombres de negocios. Ha pasado cerca de un año perfeccionando sus conocimientos de marketing.

–Sus conocimientos de marketing no es lo único que trajo consigo a Crockett –comentó Hannah–. Todos los pares de pantalones en doscientos kilómetros a la redonda, que no están muertos de cintura para abajo o que no han perdido el juicio y se han enamorado de sus caballos, han estado tratando de ganarse su simpatía. El negocio no había ido tan bien desde antes de que abrieran el supermercado de Custer.

Tampoco eso le sorprendía a Mase. La sonrisa de Chloe podía fácilmente iluminar Minneapolis en el más crudo invierno. Sin embargo, la idea de que estaba iluminando las vidas de los lugareños, no le sentó especialmente bien. Estaba tratando de digerir la idea cuando Hannah se inclinó hacia él para decirle con mirada severa:

–Lo que trato de decirte, Chandler, es que no me importaría en absoluto que Chloe se quedara aquí en Crockett. Para siempre.

El gesto de Mase se endureció:

–A mí sí.

–En estos momentos, tus preferencias no me importan lo más mínimo. Y parece que le importan menos todavía a la mujer que está arriba en la habitación.

Chloe se tomó más tiempo del que estrictamente necesitaba para lavarse y cambiarse de ropa. Sus vaqueros, al igual que la camisa que llevaba, fueron a parar a la vieja caja que había tomado del almacén para guardar la ropa sucia. Resistiéndose al imperioso deseo de ducharse para eliminar toda huella de su desagradable encuentro con los gusanos, empezó por cepillar cuidadosamente su ropa. Una vez hecho eso, entró en el cuarto contiguo, y tomó un pantalón y una camisa limpia de la cómoda en la que guardaba su escasa indumentaria. Hannah había insistido en que tomara todo cuanto necesitara del montón de camisetas y sudaderas que había para vender a los turistas, pero Chloe no había querido abusar de la generosidad de su jefa. Tampoco había querido gastar más de lo estrictamente necesario del salario que guardaba concienzudamente... por si acaso volvía a encontrarse sola y perdida.

Temblando, Chloe cerró de golpe el cajón de la cómoda. Le llevó escasos minutos ponerse la ropa y cepillarse el pelo. Pero la resistencia a abandonar ese cuarto, con su mobiliario de pino hecho a mano, la hizo permanecer frente a la cómoda. Aquel cuarto se había convertido en su santuario. Ahí había aprendido a controlar el miedo que le producían las sombras que inundaban su mente.

Ahí, en la cama que había hecho, con sus propias manos, el abuelo de Hannah cuando se estableció por primera vez en aquel lugar, se había autoconvencido de la necesidad de aceptar la situación tal y como era.

Había huido de algo o de alguien. Había tenido un accidente. Había empeñado un anillo de zafiro que alguien llamado Kate le había regalado, y con el dinero obtenido había logrado llegar hasta Crokett.

A menos que, pensó Chloe aterrada, hubiese encontrado o robado aquel anillo. En cuyo caso, incluso el nombre que estaba usando pertenecía a otra persona. Se miró en el espejo. ¿Quién era ella? ¿De quién estaba huyendo? Un pánico, que ya le resultaba familiar, le recorrió las venas. Trató de controlarlo, como venía haciendo en las últimas semanas, respirando hondo.

No estaba sola. Tenía que recordar eso. Hannah la había recogido y le había ofrecido su amistad. El alcalde Dobbins, el doctor Johnson y los otros habitantes de la zona la habían aceptado sin hacer preguntas. Se sentía segura allí, y lo que era más importante se sentía querida y útil.

Chloe no tenía la menor idea de por qué aquello era importante, o por qué el tratar con los distribuidores y el ocuparse de las cuentas y el cuidar de Hannah le daba aquella sensación de plenitud. ¿Sería porque su vida anterior estaba vacía? ¿No la había querido nunca nadie? ¿No había estado nunca enamorada?. De pronto, la imagen de Mase Chandler en cuclillas, sonriendo, le volvió a la mente. Le faltaba la respiración, como si algo tirara de ella. Trató de agarrarlo, de sacarlo de entre las sombras de su mente. Cuando finalmente logró sacarlo a la luz, se sonrojó. No era un recuerdo, era un deseo. Un innegable deseo sexual. Quería que Mase volviera a sonreírle, casi tanto como quería volver a besarlo. La presión que sentía a la altura del vientre era deseo. Puro y simple deseo.

Dejando escapar un suspiro, miró a la imagen que se reflejaba en el espejo de la cómoda.

«¡Estupendo! ¡Sencillamente estupendo! Tu mente está bloqueada, pero todo el resto del cuerpo, del cuello para abajo parece que funciona con normalidad. Más vale que tengas cuidado cuando estés cerca de este tipo, Chloe. Quien quiera que seas».

Y tras darse a sí misma ese consejo, salió de su santuario. Un minuto más tarde, pasaba por delante del cuarto de estar, de camino a la tienda.

–Siento haber tardado tanto.

–¿Puedo ayudar? –preguntó Mase al tiempo que se preparaba para levantarse.

–No, gracias. Quédate acompañando a Hannah. Vuelvo ahora mismo.

El olor a pino, ahora ya familiar, junto al olor del café que se ha dejado demasiado tiempo en la cafetera la saludaron al entrar en la tienda. Chloe tiró los posos y preparó una nueva cafetera antes de sacar del refrigerador el queso, las lonchas de jamón y un paquete de papel en el que había venado ahumado. Tomó un pellizco de una de las lonchas de carne mientras partía el queso, preguntándose si alguna vez habría probado el venado ahumado antes de llegar a Crokett. Si no, se había hecho adicta allí. Acababa de tomar una rebanada de pan fresco de la estantería cuando sonó la campanilla que había sobre la puerta. El hombre de barba rizada que entró llevando un chaleco de piel de cordero, la saludó con una tímida sonrisa.

–Hola Chloe.

–Hola Doc. No esperábamos verte por aquí hoy.

–Tuve que ir a Parker Place y, bueno, pensé que me pasaría por aquí de regreso a Custer.

Chloe sólo había vivido en la zona durante unas semanas, pero sabía que Doc Johnson había tenido que conducir unos cien kilómetros más para «pasarse» en el camino de regreso a casa. Esperaba sinceramente que no volviera a insistir en tener una cita con ella. Era muy amable, pero no quería quedar con él, ni con ningún otro de los que se lo habían propuesto. No estaba preparada. ¿O sí lo estaba? ¿Qué había de la pequeña sacudida de deseo sexual que acababa de sentir? Mordiéndose el labio inferior, Chloe echó una ojeada a Doc. Era más joven que Mase Chandler, y tenía un aspecto más infantil con el pelo rizado, y una barba que no lograba cumplir su cometido de darle madurez. Era más joven, más amable y, el instinto le decía a Chloe que, con seguridad, menos peligroso que Mase.

–¿Qué tal está Hannah?

La pregunta hizo que Chloe descendiera de golpe de las nubes por las que la habían llevado sus pensamientos.

–Estaba mejorando, hasta que se levantó de la cama esta tarde.

–¡Qué! El traumatólogo de Rapid City le prohibió utilizar ese tobillo antes de seis semanas.

–Se lo recuerdo al menos ocho veces al día, pero no me hace más caso a mi de lo que le hace a él –Chloe lo miró con preocupación–. El tobillo le falló, Doc.

–¿Se ha vuelto a caer? –preguntó cortante.

–No, Mase la agarró.

–¿Mase?

–Un cliente. ¿Hablarás con ella?, ¿por favor? ¿Le dirás que se lo tome con calma?

–No es mi paciente, Chloe –le recordó con una sonrisa–. Podría perder mi licencia si le doy consejos médicos.

–Ya lo sé, ya lo sé. Pero podrías hablar con ella como amigo.

–Ja, como si me fuera a hacer caso. Sigo siendo un niño para ella. Cada vez que vengo a visitarla, me recuerda la vez que me pilló robando caramelos y me hizo comer una docena de pepinillos en vinagre para darme un escarmiento.

La risa de Chloe resonó en toda la tienda.

–Pobrecito. ¿Te dejó la boca amarga?

–Para siempre –su sonrisa se volvió pícara–. Acércate por encima del mostrador y te lo demostraré.

A Chloe se le cortó la respiración. Se encontró con los amables ojos azules de Doc, y se dijo que podía hacerlo. Podía acercarse y besarlo. Debía hacerlo, aunque sólo fuera para demostrar que la razón por la que el beso que Mase Chandler le había dado esa mañana y la había trastornado no era otra que el despertar del instinto femenino que por alguna razón estaba adormecido. Estaba segura de que sentiría el mismo chispazo, el mismo arrebato con el bueno de Ted Johnson, si se permitía intentarlo. Lentamente se inclinó hacia adelante.

–¡Qué demonios...!

La exclamación le dejó a Chloe paralizada a medio camino. Volvió la cabeza y se encontró con la mirada colérica de Mase. Chloe sintió que una puerta se abría en su cerebro un milímetro, tal vez dos. No lo suficiente como para que pudiera ver lo que había al otro lado. Sólo lo suficiente como para volver de nuevo la cabeza y frotar despacio sus labios contra los de Ted.

# *Capítulo Cinco*

Fue un beso agradable. Un contacto ocasional y amistoso. Chloe podría incluso haberlo disfrutado si no hubiera sido tan consciente del ceño tormentoso de Mase... y de la diferencia entre aquel beso y el que había compartido con él aquella mañana.

Ella interrumpió el contacto, avergonzada de utilizar a Ted Johnson para experimentar. Compensó el aguijoneo de la culpa enviándole una sonrisa radiante.

–Sí, hay algo de amargor. Y pensar que se lo debes a Hannah.

Él respondió con una de sus sonrisas tímidas, pero su rostro tenía una sombra de inquietud cuando se volvió hacia el hombre que estaba en el umbral. Chloe podía comprender su nerviosismo. Mase ya no parecía tormentoso, sólo amenazador. Estaba prácticamente erizado, recordaba a un oso negro con la espalda encorvada por el peligro inminente de que su cena saliera huyendo.

Su ceño fiero la puso nerviosa, también, pero no, observó con cierta sorpresa, amedrentada. Guardó aquella interesante información en algún lugar de su mente para pensar en ello más tarde y se preparó a suavizar lo que podría convertirse en una situación desagradable. Tenía cierta experiencia en manejar a los vaqueros hambrientos de amor que entraban en el almacén y pudo encontrar el tono adecuado de voz, animado e intrascendente.

–Doc, te presento a Mason Chandler. Ha subido aquí a pescar. ¿Viene de...? –arqueó una ceja al darse cuenta de que no tenía la menor idea acerca de dónde podía ser él.

–Bajado – corrigió él con sus ojos grises fijos en la cara de ella–. He bajado desde Minneapolis.

–Ha bajado desde Minneapolis –concluyó con la misma sonrisa–. Mason, te presento a Ted Johnson, el doctor Ted Johnson.

El apretón de manos fue un ritual lo bastante civilizado, como el que los hombres realizan todos los días. Sin embargo, Chloe no podía borrar la sensación de que un animal peligroso y sin domesticar había tomado en la suya la garra de Ted. El joven doctor obviamente estaba pensando algo semejante. Bajo su barba corta y rizada su nuez se movía arriba y abajo.

–Chandler.

–Johnson –una vez terminado el breve apretón, Ted hizo un esfuerzo valiente por entablar conversación–. ¿Así que ha venido aquí a pescar?

–Y a cazar.

–Eso está bien. La temporada del alce empieza dentro de unos días. ¿Ha reservado ya su puesto?

–Aún no.

Ted siguió hablando durante unos minutos acerca de los excelentes puestos disponibles en alquiler en la zona. Chloe se dio cuenta del instante preciso en que Mase decidió que él no suponía ningún motivo serio de alarma. Sus ojos perdieron el aspecto del pedernal y, de forma casi imperceptible, sus poderosos hombros se relajaron.

–Está haciendo la última ronda – comentó cuando el joven doctor terminó de hablar.

–Oh, no. O sea, no he venido a ver a Hannah. Bueno sí, pero no...

Chloe sintió lástima por él.

–El doctor Johnson es veterinario, Mase, no médico. Vendemos algunos de los productos que necesitan sus pacientes en el almacén.

–¿Así que vino a comprobar las existencias, doctor?

–Bueno, yo, la cosa es –retiró la mirada de Chandler y reunió todo su coraje–, Chloe, en realidad vine para preguntarte si querrías venir a Cluster Park mañana para el rodeo anual del búfalo. Bajarán a los terneros de las montañas para marcarlos.

–Gracias, Ted, pero no puedo dejar a Hannah.

La verdad era que sí podía, su jefa le había dicho con frecuencia que saliera a tomar el sol y el aire de la montaña. Hannah había insistido en que podía oír la campanilla del almacén desde el sofá y que tenía pulmones de sobra para gritar a cualquier cliente que pudiera entrar y decirle que le llevaran allí la mercancía.

Sin embargo Chloe no se fiaba de que ella permaneciera en el sofá, ni tampoco quería animar más al joven veterinario. No debería haber besado a Ted. No debería haber esperado otra manifestación del deseo que Mason Chandler había despertado en ella aquella mañana. Su vida ya era lo bastante complicada por el momento. Estaría loca si permitiera que sus emociones corrieran libremente mientras su memoria permanecía en un completo punto muerto.

A pesar de que su intención de truncar el interés de Ted desde la base era buena, su expresión alicaída le hizo sentirse culpable, eso, y el hecho de que hubiera recorrido tantos kilómetros para ir a verla.

–Estaba a punto de hacer unos bocadillos para la cena –le dijo– ¿por qué no te quedas con nosotros?

Sus ojos azules se iluminaron.

–¿Es éste el último trozo del venado ahumado del señor Dobbins?

–Sí.

–Estupendo. Me quedo.

Ella se volvió hacia Mase manteniendo firmemente su sonrisa amistosa.

–¿Y tú? ¿Venado o jamón y queso?

–Probaré la especialidad de la casa.

–Bien. Ted, prepara las bebidas. Hannah tomará café... descafeinado ¡pero no se lo digas! Yo también. Mase, tú te encargarás de los pepinillos y las patatas fritas.

Mientras ella se movía entre las estanterías repletas, Mase ahogaba los últimos restos de su deseo de barrer el suelo del almacén con el joven veterinario. El chico no constituía ninguna amenaza para él o para Chloe.

Aún así, Mase estaba sorprendido de lo cerca que había estado de perder la compostura, no una, sino dos veces aquella noche. Su carga a través del porche para rescatar a su novia de las lombrices había mermado seriamente su proverbial impasibilidad. Ver cómo ella se apoyaba en el mostrador para besar al barbudo veterinario casi la había hecho añicos.

Por un momento, cuando Chloe había vuelto la cabeza para mirarlo y luego, con toda calma había procedido a besar al veterinario, él casi llegó a pensar que le estaba haciendo pagar por la escena con Pam en su oficina. Al reflexionar sobre ello rechazó la idea. Chloe no podría mirarlo con esa confusión en los ojos para, al momento siguiente, hacerle algo así. No era tan buena actriz.

¿O sí?

Procurando que no fuera demasiado evidente, Mase la estudió durante cerca de una hora, con el interés de un halcón que vigila su presa. Ella habló poco mientras comían, dejando que los demás llevasen el peso de la conversación y no tuvo hacia él nada más que correcta amabilidad. Si no hubiese captado cómo se ensombrecían sus ojos cuando Ted mencionó a su familia, sus sospechas hubieran cobrado vigor.

No, decidió con un encogimiento de corazón, no es posible que esté fingiendo. Una vez más tuvo que luchar con el impulso de tomarla en sus brazos y ahuyentar sus temores. Podía ser que el neurocirujano estuviera equivocado. A lo mejor tenía que llevársela a casa o, por lo menos, bombardearla con nombres e imágenes de su pasado.

Cada vez que estaba a punto de hacerlo, la frase de Hannah sonaba en su cerebro, sus necesidades no contaban en aquella situación. Sólo las de Chloe. A pesar de este constante recordatorio, tuvo que forzarse para ponerse de pie cuando ella se levantó para recoger los restos de la cena.

–Todavía tienes que conducir un buen rato, Ted –le dijo como despedida. Su mirada resbaló hacia Mase–, y me imagino que querrás levantarte con el sol. Uno de los habituales, que vino ayer, dijo que la trucha estaba asomando en Sylvan Lake.

Mase se levantaría con el sol, pero no para pescar. Su prioridad número uno era familiarizarse con el pueblo y sus terrenos colindantes.

–¿Sylvan Lake? –preguntó con una sonrisa de agradecimiento–, lo comprobaré.

Se fue un poco más tarde, con un permiso de pesca en el bolsillo. Declinó la oferta del veterinario de acercarle al café y se entretuvo en las sombras mientras las luces del almacén se apagaban de una en una. Al final sólo quedaron los pilotos de las neveras y el neón rojo y negro del anuncio de cerveza. Mason volvió la espalda al almacén y se alejó de la mujer que se llamaba a sí misma Chloe Smith. Era una de las cosas más difíciles que había hecho en su vida.

El amanecer trajo consigo una de esas mañanas de otoño que, según el señor Dobbins, sólo se producían en las colinas negras de Dakota. La niebla yacía suave y perezosa sobre el valle, mientras los picos de granito que rodeaban Crockett se erguían contra un cielo tan azul que parecía que cantase. Mason llevaba una cafetera hirviente al coche y casi se quemó cuando el berrido de un alce rompió la tranquilidad de la mañana. El grito ronco venía de la línea de árboles que trepaba por las montañas, justamente detrás del café, billar y estudio de taxidermia. Por cómo sonaba, el animal debía estar en celo.

No era el único, pensó Mason mientras se ponía el cinturón de seguridad. Chloe había dado en el clavo el día anterior al acusar a Mason de la misma necesidad desbocada. La noche de reflexión no había mejorado las cosas. Durante las agónicas semanas de búsqueda, Mason había dado por descontado que, cuando encontrara a Chloe, el compromiso ficticio se convertiría en un matrimonio de verdad. Si Chloe podía perdonarle su engaño.

Bien, la había encontrado. Y ahora, el deseo que le había tenido en vilo durante los pasados meses tenía un nuevo ingrediente. Su fiera necesidad le movía a estar a su alrededor, para protegerla y consolarla cuando la desolación, que él había entrevisto tan fugazmente el día anterior, oscureciera sus ojos. También estaba allí, mezclada, la atávica necesidad masculina de marcar su territorio en una forma que ningún cachorro ávido, como el joven veterinario, pudiera ignorar.

Le costó bastante digerir el hecho de que Chloe no quisiera su protección o su consuelo. Ese factor desconcertante permanecía en su mente mientras encendía el motor y se dirigía hacia las montañas. Permaneció con él cuando miraba el pueblo desde las curvas de la carretera, estrecha y zigzagueante. Le quitó concentración cuando contemplaba lagos y arroyos que clamaban al pescador que había en él y le obligó a volver de las montañas a mediodía, cuando el sol estaba brillante en su cenit.

Aparcó enfrente del almacén general, al lado de un camión abollado que tenía en los laterales más barro que pintura. El aroma del café recién hecho lo empujó hacia el almacén... junto con el sonido argentino de la risa de Chloe. Ella le soltó una sonrisa de bienvenida al entrar y luego volvió a atender al larguirucho granjero que permanecía de pie con un lápiz y un papel en la mano.

–No, Buck, la compañía femenina «no» es una de las opciones de la encuesta.

–Bueno, porras, Chloe, debería serlo.

Estupendo, pensó Mason con resignación. Otro admirador. Hannah no había exagerado al hablar de la multitud que su ayudante había atraído al almacén. Para su alivio, su novia no animaba a éste a apoyarse en el mostrador, ni mucho menos a besarla.

–Marca sólo las cosas que creas que vas a necesitar en los próximos tres meses –le informó con firmeza.

–Te necesito a «ti», cariño –el cliente lucía una expresión solitaria–. Ya he estado esperando durante toda mi vida a que alguien como tú viniera por aquí. No creas que puedo esperar otros tres meses.

–Seguro que puedes. Termina la encuesta, Buck.

–Sí, señora.

Llevándose el papel y la expresión solitaria, Buck se sentó en una de las sillas que estaban alrededor de la estufa, puso un tacón desgastado sobre el protector de la estufa, se mordió la lengua y se puso trabajar con el lápiz.

Cuando Mason se acercó al mostrador, Chloe lo saludó con otro papel y la observación casual de que no había estado pescando mucho tiempo.

–Lo suficiente –contestó él mirando la larga lista de productos, escrita a mano, en la que parecía haber de todo, desde gotas para la tos hasta aceite de motor–. ¿Qué es esto?

–Una encuesta para los clientes.

–¿Una encuesta?

A juzgar por la conversación que acababa de oír, sólo podía imaginar los resultados que iba a obtener.

–Me diste tú la idea.

–¿Yo?

–Anoche, cuando preguntaste si los residentes de Crockett alguna vez necesitaban algo que no hubiera en el almacén. Estuve pensando en eso cuando me fui a la cama.

Eso lo ponía a él en su sitio de una vez por todas, pensó Mase con amargura. Él había permanecido despierto toda la noche preocupándose por Chloe. Ella se había quedado despierta preocupada por el almacén.

–Creo que Hannah almacena cualquier cosa que sus clientes le hayan pedido alguna vez –dijo ella con el ceño fruncido–, tenemos docenas de artículos que no se han movido en las semanas que llevo aquí. Esos artículos ocupan un valioso espacio en las estanterías. Hannah odia los cambios, pero espero que esta encuesta la convenza de que debe almacenar más cantidad de lo que se vende en vez de lo que se podría vender.

–¿Por eso preguntas lo que necesitan de verdad en vez de lo que quieren?

–¡Exactamente!

Mase no pudo evitar una sonrisa. Como gerente de las Industrias Chandler conocía técnicas de análisis de mercado mucho más sofisticadas, pero ninguna que fuera tan al grano como la de Chloe.

Ella se mordió el labio inferior, evidentemente no estaba tan impresionada por su visión comercial como Mase.

–Me gustaría tener una base de clientes mejor para trabajar con ella. Quiero decir, que no estoy segura de qué porcentaje de población voy a poder alcanzar con esta encuesta, ni siquiera de qué población hay por los alrededores.

–Eso es fácil de descubrir. El gobierno vierte cada diez años los datos del censo en los ordenadores.

–Me parece estupendo para el gobierno pero, a mí ¿de qué me sirve?

–Puedes pedir información sobre la población de cualquier zona, sea ciudad, pueblo, reserva india o lo que sea. Los datos incluyen no sólo el número de habitantes sino también el total de viviendas, ingresos medios por familia, número de personas empleadas, cuánto pagan de alquiler... prácticamente cualquier cosa que un propietario de negocio pueda querer saber sobre su base de clientes.

–¿En serio?

Sus ojos violeta echaban chispas mientras pensaba en los posibles usos de aquella información. Sin duda, Chloe Fortune era hija de su padre. Incluso perdida en un pueblo cuyo número de habitantes era inferior al de los empleados en las empresas de su padre, el mismo impulso de triunfar ardía en ella, como en su padre y su hermano Mac.

Mase estaba encantado de alimentar aquel fuego. Si no hubiera creído antes en su talento, la estrategia de mercado que diseñó para el nuevo prototipo de reactor de Industrias Chandler, a cambio de que él se hiciera pasar por su prometido, le habría convencido.

–La Oficina de Turismo te puede dar estadísticas sobre la población ambulante, o la División de Parques y Tiempo Libre. Te sorprenderá la cantidad de información disponible sobre los clientes si sabes dónde buscarla.

Ella echó hacia atrás la cabeza, estudiándole con sus extraordinarios ojos.

–Parece que eres de los que la han buscado.
–Sí.
–¿A qué te dedicas, Mason? Allí, en Minneapolis.
–Soy el dueño de una compañía que fabrica aviones pequeños. Vendemos principalmente al ejército, pero también algunos rancheros vuelan en nuestros aviones. A lo mejor tú has volado en uno de ellos.
Ella lo había hecho. Con frecuencia. La última vez había sido sólo un mes antes, cuando Mase la había llevado de visita al rancho de su primo en Wyoming. Él contuvo el aliento, esperando un destello de conciencia. En vez de ello, el brillo de sus ojos se redujo notablemente. Captó confusión, desespero, incluso algún indicio de pánico, pero no conciencia.
–Puede... puede que lo haya hecho.
Maldiciéndose por haberla forzado, Mason trató de recobrarla.
–Tengo un amigo que trabaja para el gobierno ¿quieres que lo llame y te consiga esos datos?
–Yo... bueno –ella trató de sobreponerse con un esfuerzo que a él le resultó doloroso de contemplar–, no estoy segura de qué voy a hacer con la información, pero sí. Gracias.
–De nada. Te ayudaré a analizarla. ¿Qué te parece esta noche, para la cena?
La sorpresa la sacó de su situación cercana al pánico.
–¿Puedes tener esa información para la cena?
–Seguro. Me la enviarán por fax –se detuvo con una duda súbita– ¿hay algún fax en Crockett?
–No estoy segura. Le preguntaré a Hannah.
Chloe volvió unos momentos más tarde con el ceño fruncido.

–El alcalde Dobbins es el único que tiene fax en el pueblo.

–Y ¿hay algún problema?

–No, en realidad, no.

–¿Chloe?

Suspirando, se apartó un suave mechón de la frente.

–Hannah está... insoportable hoy. Dice que puedo hacer todas las encuestas y leer todos los informes del censo que quiera, pero que no le moleste con ellos. Por lo menos hasta que haya sacado algo en claro.

–Sacaremos algo en claro –le aseguró Mase–. A la hora de la cena. El alcalde dice que prepara hamburguesas con frituras mixtas. Traeré para todos.

Después de encargar la cena y pedir el número del fax al amable taxidermista alcalde, Mase hizo una llamada a Pam desde la intimidad de su habitación. Casi podía oír las preguntas mientras él formulaba su petición. Pam había trabajado demasiado tiempo en el submundo oscuro para aceptar algo sin cuestionarlo. Como estaba previsto, disparó las preguntas en cuanto él hubo terminado.

–¿Para qué necesitas los datos del censo? ¿Y la información de Parques y Tiempo Libre, por Dios bendito? ¿Qué pasa, Mase?

–Nada.

–No me digas tonterías, te conozco. Estás metido en algo. Anda, cuéntaselo a Pam. ¿Qué vas a hacer con esos datos?

–Vale, vale. Si necesitas saberlo, voy a usarlos para cortejar a mi prometida.

–¿Qué dices?

–Es demasiado complicado para explicártelo ahora.

Y demasiado personal. Mase no se había adaptado todavía a que se le encogiera el corazón cada vez que Chloe lo miraba de forma amistosa y amable, como se mira a un extraño. Ni a la idea de que tendría que ganar su confianza y su amor... una vez más.

–Tú sólo envíame los datos por fax esta tarde ¿quieres? ¿Se ha vuelto a ver a nuestro amigo Dexter Greene?

Como él sabía que sucedería, la pregunta distrajo a Pam de lo personal y se centró en el trabajo.

–No, aún no. Hemos pinchado los teléfonos de tu casa y del trabajo, siguiendo tus instrucciones, por si intenta obtener información sobre ti de alguno de tus empleados.

–Manténme al tanto.

–Lo haré... ¿Mase?

–¿Sí?

En contra de su costumbre, Pam pareció vacilar. Después su ronca voz estalló en risas.

–Eres el único hombre que conozco que intenta cortejar a una mujer con datos del censo. Te deseo suerte.

–Gracias, voy a necesitarla.

# *Capítulo Seis*

Mase necesitaba algo más que suerte.

Pronto comprobó que el cortejar a Chloe exigía mucha paciencia y perseverancia. Le llevó varios días el desarrollar y poner en práctica una estrategia que funcionara. No sólo tenía que tener en cuenta todas las horas que Chloe pasaba trabajando en la tienda y su resistencia a dejar sola a Hannah, sino que además tenía que enfrentarse a la competencia. Todo hombre soltero entre los nueve y los noventa años parecía tener el mismo objetivo que Mase.

Sin ningún pudor, se aprovechó del conocimiento que tenía de la personalidad de Chloe para derrotar a sus competidores. Él conocía a Chloe. Es más, conocía la estirpe de la que provenía. La sangre de los Fortune corría por sus venas, y con ella, la visión para los negocios que había transformado la empresa de la familia Fortune en una multinacional. Poco a poco, Mase fue canalizando la chispa de su instinto empresarial. Por sugerencia suya, Chloe inició un análisis comparativo de los precios de los principales productos almacenados en la tienda. Las llamadas a los supermercados y a las tiendas en Cluster, Hot Springs y Rapid City, revelaron que Hannah tasaba el precio de muchos de los productos que vendía por debajo de su valor.

–No me extraña que Hannah esté teniendo problemas para pagar a sus proveedores –masculló, e inmediatamente arrepentida se sonrojó–. Olvida lo que he dicho. No debería hablar de su negocio con desconocidos.

La palabra «desconocido» le dolió a Mase, pero la dejó pasar.

–Tal vez la información que estás recogiendo la convenza para que suba los precios.

–Lo dudo. Los clientes habituales de Hannah son todos sus amigos.

–Pero ella tiene que ganarse la vida –le recordó amablemente–. Si puedes mostrarle la forma de aumentar sus beneficios sin perjudicar a sus amigos o ahuyentar a sus clientes, le estarás haciendo un favor.

–Tienes razón. Sé que tienes razón –dejó que su mirada flotara por la tienda abarrotada–. Sólo espero que no piense que me estoy inmiscuyendo demasiado, y que meto las narices donde nadie me llama.

–Si lo piensa, te lo dirá –afirmó Mase.

–Es cierto –corroboró Chloe algo más relajada.

Hannah refunfuñó y dijo que tendría que repasar las cifras antes de tomar ninguna decisión. Para satisfacción de Mase, Chloe interpretó aquella respuesta como una luz verde para realizar un exhaustivo inventario de las mercancías disponibles. El martes siguiente le puso a él, y a todos los admiradores que entraban en la tienda a contar latas y periódicos y rollos de cubiertas alquitranadas para tejados.

–Deseaba hacer esto desde el primer día que entré en la tienda –confesó, pasándose el brazo por la frente cubierta de polvo–. Creo que Hannah no hacía esto desde... desde...

–¿Desde los años cuarenta? –sugirió Mase. Con ojos brillantes, mostró un anuncio de cigarrillos Chesterfield de la Segunda Guerra Mundial que había encontrado detrás de la comida para gatos. Mase tuvo que admitir que tanto la variedad como el número de objetos que apareció en el inventario le dejó tan asombrado como a Chloe y al resto de sus ayudantes.

–¿Tenemos seis sabores diferentes de muesli? –exclamó Chloe minutos después, echando un vistazo a los resultados que sus ayudantes iban anotando–. Yo ni siquiera sabía que había seis sabores diferentes.

–El de miel con nueces y pasas es mi favorito –dijo uno de los ayudantes–. La tienda de Hannah es uno de los pocos sitios donde todavía puede encontrarse.

–Ajá.

Mase ocultó una sonrisa. Su prometida no sólo había estado encargándose de la tienda con tanto interés como su propietaria, sino que además empezaba a sonar como ella.

La vaguedad de la respuesta asustó al voluntario, un empleado de la oficina de correos que acudía a Crockett para desfogar su pasión por la pesca de la trucha. Inquieto, preguntó a Chloe:

–No estarás pensando en suprimir el sabor a miel con nueces y pasas, ¿no?

–No soy quien para suprimir nada, Charlie. Tan sólo recojo información para que Hannah evalúe lo que tiene.

–Esta bien –musitó–. Mientras que no decida eliminar mi muesli.

Mordiéndose el labio inferior, Chloe lanzó una mirada a Mase que reflejaba iguales dosis de resignación y de risa contenida. La resignación hizo que Mase sonriera, pero la risa le hizo contener el aliento. Durante unos segundos, las barreras que había entre ellos se derrumbaron. Vió a su Chloe en los chispeantes ojos violeta, en la risa que luchaba por liberarse. La necesidad de besarla le oprimió. Se inclinó un centímetro... dos.

La risa abandonó los ojos de Chloe. Lo miró fijamente por un instante... dos. Entonces parpadeó, y las barreras volvieron a aparecer de nuevo.

–Será mejor que nos pongamos otra vez a trabajar –dijo Chloe, recogiendo la lista del inventario.

Mase sintió una intensa satisfacción, porque Chloe tenía la voz bastante entrecortada. ¡Bien!, pensó Mase. Eso era mucho mejor que la distante amabilidad con la que lo trataba al principio. Tal vez, sólo tal vez estaba empezando a confiar en él. Satisfecho, volvió a contar latas mientras planeaba la estrategia para lograr el siguiente paso: que Chloe suspirara por él.

Sin quererlo, Hannah lo ayudó en su propósito.

–¡Ni uno más, niña! ¡Ni un dichoso número, ni un dichoso dato más!

Con un gruñido que trataba de disimular el dolor, la anciana intentó ponerse algo más cómoda. Desilusionada, Chloe cerró el cuaderno en el que anotaba los informes:

–Lo siento, Hannah. No pretendía molestarte. Sé que estás dolorida.

–Es el frío –gruñó su jefa tratando de ponerse

cómoda–. Cuando se va el sol, los dichosos clavos de mi tobillo se resienten del frío.

–¿Por qué no enciendo la caldera?

–Nunca la enciendo antes del quince de octubre

–Te traeré otra manta.

–No necesito otra manta. ¡Deja de preocuparte por mí!

La orden tajante paró a Chloe antes de que pudiera dar un paso.

–Lo siento.

–No, niña, yo soy la que lo siente. De verdad. Supongo que me siento como enjaulada y lo pago contigo.

–No tienes que disculparte. Se lo difícil que es sentirse disminuida.

–Eso me hace sentirlo más todavía. Tú estas soportando tu sufrimiento mucho mejor que yo, Chloe.

–Tú estás sufriendo mucho.

–No, no trates de disculparme. He estado actuando peor que un gato encerrado, protestando y volviéndote loca, cuando lo único que tratas es de ayudar –frunciendo el ceño, Hannah tomó las mantas y se las puso bajo los brazos–. A ver, dame ese cuaderno. Y tú, tú sal un rato. Ve a dar una vuelta. Ve al café a por un plato de chile. Juega una partida de billar –sus ojos azules se afilaron–. Vete a pasear en coche con ese Chadler. Ha venido a la tienda con más frecuencia estos días que doc Johnson o Charlie Thomas.

–Lo sé.

–Chadler quiere algo más que ayudarte a contar latas, niña.

–Lo sé.

–¿Te da miedo?

Chloe lo pensó bastante antes de responder. La idea de subirse al Blazer de Mase para dar un paseo a la luz de la luna, le producía una clara presión en el vientre, pero la sensación no tenía nada que ver con el miedo.

–No, no me da miedo

–Ajá –Hannah se recostó sobre los cojines–. Venga, sal de aquí, y déjame que trate de entender todos estos numerajos. Tengo el teléfono a mano –añadió irritada cuando vio a Chloe dudar–. Llamaré al café si necesito algo.

–¿Quieres que te traiga algo de cena?

–¡No, no! Estoy de mal humor, no hambrienta. Simplemente vete.

El frío del que se quejaba Hannah le golpeó a Chloe en el mismo momento en el que salió de la casa. Afortunadamente había tomado la precaución de envolverse en una de las cazadoras naranja brillante que Hannah tenía en la tienda. Era muy efectiva desde el cuello hasta mitad del muslo, pero no le protegía la punta de la nariz del helado viento de la noche. El sol de octubre todavía calentaba durante el día, pero por las noches se presentía ya la llegada del invierno. Con las manos metidas en los bolsillos, Chloe caminó lentamente por la calle principal. El cambio de estación le afectaba más de lo que le había confesado a Hannah.

¿Pasaría el invierno en Crockett? ¿Pasaría el resto de su vida en Crockett? Si no allí, entonces, ¿dónde? ¿Y con quién?

La imagen de Mase se coló en sus pensamientos. Chloe había perdido la memoria, pero no su inteligencia. Si Mase había ido a Crockett a cazar y a pescar, no había hecho mucho uso de las licencias que ella le había vendido. En los últimos días había pasado tanto tiempo dentro del almacén como merodeando por las colinas de alrededor de Crockett. Y lo que era más significativo. Ni siquiera había tratado de disimular el hecho de que se sentía atraído por ella. Chloe lo había visto en su mirada, en la sonrisa que le dedicaba sólo a ella, en el cuidadoso respeto con el que se había comportado cuando estaba con ella, después de aquel explosivo beso.

¿Estaba él en Crockett por ella? ¿Había ido a Crockett a buscarla? ¿Había entre ellos algo más que mera atracción?

Una parte de ella deseaba creer que había algo más, y otra parte de ella no quería saber que no lo había.

Con todos esos pensamientos vagando por su mente, pasó por debajo de la cabeza de alce que pendía sobre la puerta del café. Desde el interior, el celestial aroma de la carne a la parrilla, y la no menos celestial música de Mariah Carey le dieron la bienvenida. Acababa de emprender el camino hacia el mostrador cuando oyó el sonido de unas botas descendiendo por las escaleras. Levantó la vista en el momento en el que Mase llegaba a su altura. Cuando Mase la sonrió, Chloe sintió que el placer la embargaba, y decidió que debía conseguir las respuestas que había ido a buscar, antes de que aquel placer se convirtiera en algo más. Algo para lo que no estaba preparada.

–Tienes la nariz roja –dijo él en señal de bienvenida.

–Hace frío fuera.

Mase echó una ojeada a la calle a través de la ventana:

–No deberías haber venido andando hasta aquí sola. Te habría ido a buscar, o habría llevado lo que Hannah y tú quisieseis al almacén.

–Ya hemos abusado de ti más de lo que deberíamos en estos últimos días –dudó un instante, y luego trató sutilmente de sonsacarle–. Antes de que te des cuenta se te habrán terminado las vacaciones, y tendrás que regresar a Minneapolis sin haber dedicado suficiente tiempo a pescar o a cazar.

–Estoy dedicando el tiempo en Crockett exactamente a lo que quiero.

Aquello le decía a Chloe todo... y nada. Obviamente la sutileza no era la táctica adecuada:

–¿Cuánto tiempo piensas quedarte?

–Todavía no lo he decidido –contestó con una evasiva antes de cambiar las tornas–. ¿Y tú? ¿Cuánto tiempo piensas quedarte aquí?

–Yo... no lo he decidido.

Por un instante Mase parecía decidido a iniciar su propia investigación, y la miró a los ojos. Pero Cloe, queriendo respuestas y no preguntas, se adelantó a sus palabras y quitándose la cazadora se dirigió al comedor.

–Hannah me ha echado del almacén por un rato. Estaba empezando a ponerla nerviosa. Así que he decidido pasarme por aquí para ver qué especialidad tenía Dobbins esta noche.

–¿Quieres que vaya al almacén y me quede con Hannah mientras tú estas aquí?

La oferta hizo que la coraza de Chloe se derritiera. Su sonrisa se hizo más intensa y cálida.

–Tiene el teléfono a mano, y me ha prometido llamar aquí si necesitaba algo. Pero gracias por la oferta de todas formas.

–Estoy a tu disposición, Chloe.

El tono de voz con el que pronunció su nombre le acarició los oídos.

–Mase...

–¡Eh, Chloe!

El cordial saludo de Harold Dobbins la hizo volver a la realidad.

–Hola, señor alcalde.

–Ese título suena mucho más impresionante de lo que es en realidad –bromeó.

–¡Ni que lo digas! –intervino uno de los rancheros que jugaba al billar en la mesa del fondo del café.

–La especialidad del martes por la noche son las costillas –anunció el alcalde ignorando el comentario–. Tengo un par de jugosos filetes listos para pasar por la plancha.

–Pues adelante –dijo Mase anticipándose a Chloe.

–¿Cómo los queréis?

–El mío no muy hecho, y a Chloe le gusta bastante hecho.

A Chloe se le cortó la respiración, y lo miró atónita:

–¿Cómo lo sabías?

Tras una pausa tan breve que Chloe creyó haberla imaginado, él contestó:

–El otro día tomaste la hamburguesa bastante hecha, ¿no quieres el filete igual?

–Oh –su corazón recuperó el ritmo normal–. Sí.

–¿Te apetece una cerveza mientras esperamos a que nos traigan la cena?

–De acuerdo.

Mientras Mase iba a buscar las bebidas, Chloe

buscó una mesa. En el café sólo había unas seis, la mayoría ocupada por clientes sumergidos en sus platos de filete con patatas. El especial de la noche del martes había atraído a mucha gente.

–Varios clientes la saludaron llamándola por su nombre, otros inclinando la cabeza. Para sorpresa de Chloe, bastantes saludaron también a Mase con la misma familiaridad. Estaba claro que había conocido a gente en los... ¿qué?... cuatro días que llevaba en el pueblo.

Cuatro días, pensó Chloe, parecía más, mucho más. Frunciendo el ceño, Chloe puso la cazadora sobre el respaldo de la silla y se quedó contemplando a Mase mientras llevaba dos botellas y dos vasos a la mesa.

De acuerdo. Era cierto, pensó. Se sentía atraída por él, pero eso era perfectamente explicable, dada su belleza física y su atractiva personalidad. Además estaba empezando a gustarle. A gustarle *de verdad.* Pero no acababa de fiarse de él. Al menos no hasta que no obtuviera respuestas satisfactorias a las preguntas que le rondaban por la cabeza.

Desgraciadamente no pudo obtener ninguna respuesta durante la cena. Como había podido comprobar en las semanas que llevaba allí, los habitantes de Crockett eran muy sociables. Al menos la mayoría de ellos. Había un cliente solitario de pelo gris grasiento que parecía concentrado en su comida, inclinado sobre su plato y haciendo trabajar al tenedor, pero el resto de los comensales mantenían conversaciones por encima de las mesas ajenas.

Inevitablemente, Chloe y Mase se vieron envueltos en bulliciosas conversaciones sobre el tiempo, el precio de la carne y las posibilidades que tenía el gobernador de salir reelegido en las elecciones del mes de noviembre. Chloe podría haber prescindido de los pormenorizados detalles que dio el alcalde sobre el primer día de la temporada de caza del alce, mientras servía enormes platos de carne con patatas fritas. Cuando por fin Mase terminó su plato, el vencedor de la partida de billar se acercó en busca de una nueva víctima y lo retó.

–Adelante –lo animó Chloe con una sonrisa–. Yo miraré.

Y eso hizo. Sentada en un alto taburete y a salvo lejos del radio de acción de los palos de billar, estaba en una posición excelente para admirar las jugadas, por no mencionar las largas y tersas medidas de Mase cuando se echaba sobre la mesa para tirar. Al llegar al final del primer juego, Chloe tenía ya la garganta seca. Al final del segundo, su corazón parecía querer salírsele del cuerpo. Y cuando, por fin, llegaron al final del tercer y último juego, Chloe era incapaz de oír la música de fondo a través del ruido que hacía su propia sangre bombeándole los oídos.

Pero ni siquiera entonces estaba preparada para el dardo de puro placer que experimentó cuando Mase, se rió y pagó al jubiloso vencedor tres dólares, o para el nudo que se le hizo en la garganta cuando él se volvió hacia ella y tendiéndole la mano le dijo:

–Se me da mejor bailar que jugar al billar. Algo mejor. ¿Te apetece bajar un poco la comida?

Chloe tragó saliva. Quería respuestas ¿no? ¿Qué mejor manera de obtenerlas que bajándose del taburete y deslizándose entre los brazos de Mase? Si realmente había algo más entre ellos que mera atracción física, que necesidad de los sentidos, estaba segura de poder percibirlo. Lentamente puso su mano sobre la de él.

La mesa de billar ocupaba la mayor parte de la pista de baile. La melodía del viejo Mac Davis que se oía no era muy apropiada para el vals que comenzó a liderar Mase, pero Chloe se acopló al largo cuerpo de él, y se concentró en las sensaciones que registraba su mente.

Cada sensación, cada movimiento, cada respiración, aumentaba el deseo sexual que giraba vertiginosamente descontrolado. Sin embargo, fue al terminar el baile, cuando el deseo en Chloe dio paso al shock.

Mase le puso la mano en la cintura para conducirla hacia la mesa. El toque fue suave, el gesto cortés... ¡y electrificante!

En el momento en que sintió el contacto de sus dedos, Chloe se paró en seco. Un calambre subió por toda su columna, y sintió el chisporroteo por todo el cuerpo. Tras la intimidad del baile, no comprendía por qué ese gesto intranscendente la había paralizado, pero lo había hecho. Además había logrado abrir unos centímetros más la puerta que se había cerrado en su cerebro. ¡Él la había tocado así antes! ¡Estaba segura de ello! Con exactamente la misma delicadeza. La misma naturalidad.

–¿Chloe?

La voz profunda de Mase la sacudió.

–¿Chloe qué te pasa? ¿Estás bien?

Chloe arrinconó su intenso miedo. Tenía que saber. Tenía que entender qué era lo que había pasado.

–Te alojas aquí, ¿no es cierto?

–Tengo una habitación arriba.

–Llévame arriba.

Pareció dudarlo una eternidad. Finalmente movió la cabeza:

–No creo que sea una buena idea.

–¿Por qué no?

–Si te llevo arriba, no puedo prometerte poder controlarme.

La advertencia despertó en Chloe un deseo cálido y dulce que encendió su piel desde la nariz hasta las rodillas.

–Yo... yo necesito hablar contigo –musitó–. Simplemente hablar.

–No puedo prometerte nada. Te deseo, Chloe. Te deseo desde hace mucho tiempo.

¿Cuánto tiempo?, se preguntó Chloe, ¿días?, ¿semanas?, ¿meses?

–De acuerdo. Tal vez el subir a tu habitación no sea una buena idea. ¿Por qué no vienes al almacén conmigo? Allí podremos hablar.

# *Capítulo Siete*

Llamándose idiota una y mil veces por no haber arrastrado a Chloe escaleras arriba hasta su cama, Mase masculló su asentimiento.

–Muy bien. Le diré al señor Dobbins que ponga otra costilla más para Hannah y luego iremos al almacén.

–Ella no quiere nada. Según dice, está demasiado fastidiada para comer.

–Bien, recoge tu abrigo mientras pago la cuenta.

–Yo pagaré mi cena.

–Recoge tu abrigo.

La orden sonó como un latigazo y le hizo levantar la barbilla.

–Pagaré mi cena, Chandler. Y también la tuya, en agradecimiento tardío por tu ayuda con la base de datos de clientes y el inventario.

El brillo militante de sus ojos avisó a Mase de que no debía discutir más. Murmurando una maldición, se pasó la mano por el pelo y aceptó su oferta con cortesía forzada.

–Te espero fuera.

Se abalanzó a la salida, combatiendo el calor que le había invadido cuando la abrazaba durante el baile... y el fuego aún mayor que había saltado dentro de él cuando ella misma se invitó a subir. Tenía que apagar esos fuegos, debía enfriarse antes de volver a verla, o sino ella se replegaría aún más tras las barricadas.

El aire frío de la noche lo ayudó bastante, también las largas zancadas que dio arriba y abajo de la calle. Para cuando Chloe salió del café él había recuperado cierta apariencia de control.

El breve camino hasta el almacén lo recorrieron en silencio. La campanilla sonó cuando entraron en su cálido interior lleno de aromas. Con una rápida ojeada vio que no había clientes ni, gracias a Dios, ningún veterinario o cartero enfermo de amor.

Quitándose la chaqueta naranja brillante, Chloe se dirigió a la habitación trasera.

–Voy a ver cómo está Hannah. Ponte cómodo.

Bien. Cómodo.

Mase desdeñó las mecedoras que rodeaban la estufa y se situó al lado del mostrador, uno de los pocos espacios libres. Después de lo que había pasado, ella iba a querer algunas respuestas. Sería mejor que se le ocurriera alguna, deprisa.

Caminó arriba y abajo, planeando sus respuestas. El suelo de madera crujía bajo sus botas. Llegaban voces apagadas de la habitación del fondo. Mase reconoció la voz gruñona de Hannah, la cortés pregunta de Chloe, otra voz femenina que no reconocía.

Aunque...

Se detuvo, frunciendo el ceño con la voz resonando en su cabeza. Antes de que pudiera situarla volvió Chloe.

–¿Tiene compañía Hannah?

–Una vieja amiga que pasaba por aquí.

–¿La conocías?

Sus ojos violeta se oscurecieron.

–No.

El monosílabo estaba cargado de una frustración dolorida que hirió a Mason como un cuchillo. Se abrazó a sí mismo, sospechando que lo peor estaba aún por llegar.

Tenía razón.

Chloe tomó aire y fue directa al asunto.

–He sentido algo, allí, en el café. Cuando íbamos hacia la mesa y pusiste tu mano en mi espalda tuve la extraña sensación de que ya lo habías hecho antes. Muchas veces. Lo has hecho ¿verdad?

–Sí.

–¿Quién eres? ¿de qué nos conocemos?

Los tendones del cuello de Mase se pusieron tensos como cuerdas. Llevaba días esperando aquel momento. Lenta, cuidadosamente, redujo la distancia entre ellos.

–Soy tu prometido.

–¿Estábamos comprometidos?

–Aún lo estamos.

–Pero ¿cómo? ¿por qué?

Ella se detuvo bruscamente. El corazón de Mase martilleaba en sus costillas, sus puños cerrados se acalambraron. «No la fuerces», se recordó con fiereza. «Deja que vaya poco a poco. Una pregunta cada vez.»

Finalmente ella eligió una entre los miles de preguntas que rondaban por su cabeza y fue derecha al grano.

–¿Quién soy yo?

–Te llamas Chloe Fortune.

–Chloe Fortune.

Paladeó el nombre, repitiéndolo una y otra vez. Tenso como un arco, Mase esperó un indicio de reconocimiento, de conciencia, de alivio. Todo lo que vio en su cara fue una sombría desesperación que le hizo daño.

–¿Tengo...? –luchaba por pronunciar cada palabra– ¿tengo familia?

–Tienes padre y dos hermanos, además de varias docenas de tíos, tías y primos en Minneapolis.

–¿Minneapolis? ¿es allí donde yo... donde vivíamos?

Mase siempre había creído que eso de que a alguien se le rompiera el corazón era sólo una frase hecha. La brutal constatación de que Chloe no recordaba nada de su vida anterior, ni de él, le sacó de su error.

Consciente del consejo del neurólogo, rechinó los dientes y esperó a que diera ella el siguiente paso. Poniéndose en lo mejor, esperaba que ella le pidiera detalles de su familia y su vida anterior. Si se ponía en lo peor, temía que ella permitiera que el pánico que afloraba en su cara le hiciera volver a las sombras.

No hizo ninguna de las dos cosas. Cerró los ojos y respirando con fuerza luchó contra su pánico con un coraje que hizo sufrir a Mason. Cuando los abrió de nuevo él tuvo que hacer un esfuerzo sobrehumano para no abrazarla.

–¿Recuerdas algo anterior a tu llegada a Crockett? –preguntó con suavidad.

–Recuerdo una carretera larga y oscura. Recuerdo un accidente, como en flashes. Recuerdo haber ido al médico –alzó una mano temblorosa y se frotó la sien–. A veces...

–¿A veces?

–A veces casi recuerdo porqué estaba en aquella carretera.

Mase quería contárselo. Tenía preparada la historia. Pero la delicada mezcla de verdad y ficción que había inventado para explicar la escena que ella había contemplado se le atravesó en la garganta. No podía mentirla. Ahora no, no cuando ella era tan vulnerable.

–Siento como si se me hubiera cerrado una puerta en la mente –admitió ella con la voz llena de frustración–, la maldita se abre unos centímetros y luego se cierra de un portazo.

–Se abrirá de par en par, Chloe, date tiempo.

Para su sorpresa, ella se rió.

–Eso es lo que dice Hannah. Pero puede que la nieve nos llegue a las rodillas antes de que pueda abrirla del todo.

–No importa cuánta nieve haya, vine a Crockett a llevarte a casa. Me quedaré aquí hasta que estés lista para hacer el viaje.

La suave promesa hizo que bajase la mano y levantara la cabeza.

–Aún no estoy lista, Mason. No quiero ir a casa hasta que no sepa por qué huí de allí. Y de ti –Mason estaba todavía digiriendo aquello cuando ella le rodeó la cara con sus manos–. Sin embargo hay una cosa que sí sé. No estaba huyendo de esto –poniéndose de puntillas frotó sus labios con los de él.

–Chloe...

–Ni de esto.

Inclinando la cabeza ajustó su boca a la de él. Mason la dejó que probara, que tocase, que saboreara. Todo el tiempo se mantuvo con los puños tan apretados que pensó que se le iban a salir los nudillos.

–Yo no huía de esto –murmuró ella contra su boca– ¿verdad, Mason?

Chloe tuvo su respuesta antes aún de que él

mascullara una negativa y deslizara la mano por su pelo para darle el beso que ella le pedía. Fuera lo que fuese lo que la había hecho huir, no fue la fuerte presión de la boca de Mason sobre la suya, ni la fuerza de sus músculos cuando rodeó su cintura con un brazo y la atrajo hacia su calor. Su fuerza no la hacía sentir enjaulada ni su hambre le daba miedo. Más bien alimentaba la suya.

Decidida a abrir la puerta unos centímetros más, rodeó su cuello con sus brazos. Su boca se enterró en la de él, sus pechos se aplastaron contra el suyo. Él se ajustó a ella, movimiento por movimiento, abriendo más las piernas, sujetando más fuerte su cabeza. Ella sintió en su cadera cómo él se endurecía, y en su pecho los latidos de su corazón.

Sin saber cuándo o porqué sucedió, Chloe perdió el control de la situación y del beso. Sus sentidos oscilaron al punto de carga máxima. Respiró a Mase, lo saboreó, le sintió en cada punto de contacto, de la rodilla a la nariz. Su sangre latía tan fuerte que apenas oyó el golpeteo de pasos detrás de ella.

Mase sí los oyó. Con el cuerpo tenso levantó la cabeza.

–Disculpadme –una voz femenina ofrecía excusas–. No quería molestaros.

Chloe tomó aire y se apartó de los brazos de él a su pesar. Apoyó una mano en el mostrador para mantener el equilibrio y se volvió hacia la amiga de Hannah. Más alta y esbelta que la dueña del almacén, la mujer llevaba botas, vaqueros desteñidos, un chaquetón de borrego y un sombrero de fieltro de ala estrecha, muy encajado en la frente. En la mayoría de las mujeres de la zona aquella ropa resultaba funcional. En ella, parecía elegante.

–No nos molesta –la monumental mentira casi atragantó a Chloe–, ¿deseaba algo?

Con una mirada que era una mezcla de vivo interés e intensa especulación, ella sacudió la cabeza.

–No, en realidad no. Hannah estaba un poco irritable, de manera que pensé que sería mejor que me fuera. Vosotros volved a lo que estabais haciendo.

Se dirigió hacia la puerta, sus botas taconeaban en el suelo. Mason la observó hasta que se cerró la puerta. Cuando se volvió a Chloe ella vio su propia frustración reflejada en los ojos de él.

La interrupción había llegado justo a tiempo para ambos, Chloe lo sabía. Unos minutos más y ella hubiera estado tirando de los botones de su camisa o de la hebilla de su cinturón. Necesitaba frenar. Tenía que dejar que el calor que le quemaba la piel se disipara. Tenía que pensar en lo que Mason le había dicho y decidir qué preguntas le iba a hacer a continuación. Sin embargo sabía que no iba ser fácil hacerlo. Con la garganta dolorida intentó sonreír.

–Será mejor que vaya a acostar a Hannah –él asintió con la cabeza– ¿Podríamos continuar esta... conversación mañana? Tengo que saber más, Mase. Sobre nosotros, sobre mi familia. Buscaré a alguien para que se quede con Hannah mañana por la tarde. Podríamos dar un paseo o ir en coche hasta el lago.

Él levantó una mano y la pasó por su mejilla.

–Después de esta noche no puedo garantizarte que vayas a estar más segura en el lago que en la intimidad de mi habitación, Chloe.

Ella se pasó la lengua por los labios repentinamente secos.

–Correré el riesgo.

Una expresión satisfecha apareció en el rostro de él. La besó de nuevo, fuerte y largamente; después la dejó con una promesa.

–Mañana por la tarde.

La campanilla de la puerta sonó al marcharse. Antes de que se apagaran sus ecos Chloe ya lamentaba su ida.

Como Mase había previsto, la falsa granjera le estaba esperando a la salida del almacén. Con las piernas cruzadas por los tobillos y las manos en los bolsillos del abrigo de borrego, estaba apoyada en una furgoneta. Su aliento se condensaba en el aire frío de la noche. Bajo el ala del sombrero su cara estaba en sombra.

–Hola, Kate

La risa de Kate resonó en el aire de la noche.

–Hola, Mase. Por un momento, no supe si me habías reconocido.

–Por un momento, no lo hice.

La risa se esfumó de su voz.

–Chloe no lo hizo, con toda seguridad. Me dejó desolada cuando entró y me dedicó el mismo saludo cortés que se dedica a un extraño.

–He estado recibiendo unos cuantos saludos corteses durante esta semana.

–¿Estás seguro? –levantó una ceja–. Parecía como si estuvieras recibiendo algo más que eso hace unos instantes.

–Estamos haciendo progresos –dijo él con modestia.

–A lo mejor, si hubierais hecho ese tipo de progresos durante vuestro compromiso –dijo Kate con acidez– mi sobrina nieta no habría huido.

–He estado diciéndome lo mismo –dijo Mason con una sonrisa.

Kate se apartó de la furgoneta. Su rostro, todavía sin arrugas y con un bello óvalo, ostentaba un ceño preocupado. Acercándose tomó las manos de él entre las suyas.

–¿Cómo está, Mason? De verdad.

Los dedos de él estrecharon los de la mujer. A lo largo de los años en que había tratado a la tía abuela de Chloe había llegado a respetarla por su visión para los negocios. También había agachado su cabeza con respeto ante sus más importantes logros, admirado su belleza y la había apreciado por el amor que repartía en su extensa familia.

–Creo que está empezando a recobrarse, Kate. Los recuerdos comienzan a surgir, aunque no parece que por el momento pueda rescatarlos de las nieblas de su mente.

–¡A Emmet le gustará oírlo! Se está cociendo en su propia amargura por la prolongada ausencia de Chloe.

–Todas las noches le informo de los progresos. No me dijo que vendrías.

–No lo sabía –contestó Kate con un guiño–. No coordino mis actividades con mis hijos o mis sobrinos, sólo con Sterling... y generalmente espero hasta que es demasiado tarde para que proteste.

Mason reprimió una sonrisa. El bueno de Sterling Foster había amado a Kate durante años con toda la pasión de su corazón tranquilo y conservador. Sólo después de la supuesta muerte de Kate en un accidente de avión, y de la investigación para descubrir a su asesino, el abogado había sido capaz de declararle su amor.

La suya era, según los Fortune, la pareja perfecta. El pesado y tranquilo Sterling y la hermosa y aventurera Kate. Ella encumbrada con las águilas, él proporcionándole la plataforma estable que necesitaba para despegar el vuelo.

No muy diferente de su relación con Chloe, pensó Mase. A los ojos de los Fortune él era la parte sólida, estable y fiable de la relación. Sólo su prometida había tenido una fugaz visión de su otra vida, visión que ambos estaban pagando.

–Será mejor que vuelva a Rapid City – dijo Kate unos instantes más tarde–. He dejado a la tripulación en espera en el avión.

Mason le abrió la puerta de la furgoneta y se inclinó hacia delante para oír su suave pregunta.

–¿Cuándo volveréis a casa?

–Cuando Chloe esté preparada.

Suspirando, Kate asintió. Mase se quedó mirando cómo las luces de la furgoneta atravesaban la calle mayor de Crockett y desaparecían en la curva.

Era extraño. Había llegado al pueblo hacía menos de una semana, decidido a reclamar a su prometida y llevarla de vuelta a Minneapolis. Todavía quería reclamarla, su hambre de ella aumentaba cada día y había llegado casi a romper sus ataduras aquella noche. Pero ella era una persona distinta allí. Él era diferente. Liberados del pasado por la amnesia de Chloe estaban conociéndose de nuevo. Descubriendo sus gustos y sus aversiones. Quitándose las complicaciones engendradas por su compromiso ficticio.

Y al día siguiente, pensó Mase con un súbito

encogimiento de estómago, se quitarían algo más que las complicaciones. El simple pensamiento de unas horas a solas con Chloe hizo que se endureciera de nuevo. Sonriendo ante el dolor en la ingle que se le había hecho familiar, subió al coche. El aire frío de la noche entraba por la ventana en el breve camino hasta el café, hotel y ayuntamiento.

Mañana, le prometió a las estrellas y a sí mismo. Mañana.

Mañana, pensó Chloe mientras ayudaba a Hannah a acostarse. Mañana.

Había aprendido algo más sobre sí misma, sobre su familia, sobre Mason. Le volvería a tocar, a saborear. Pensarlo la enervaba. Un hambre que no intentó negar flotaba en sus venas.

Estaba con ella cuando fue a cerrar el almacén. Con eficiencia vació la caja y enganchó los recibos en la tabla que Hannah guardaba a aquel propósito. Los sujetó con una goma elástica para entregárselos a Hannah y fue a apagar las luces del porche y cerrar la puerta delantera. Acababa de tocar el picaporte cuando apareció un rostro en el cristal. El corazón casi le saltó fuera del pecho. Se echó hacia atrás.

El extraño que estaba al otro lado de la puerta la miró por un momento, luego sujetó el picaporte. La campanilla sonó de forma discordante cuando él entró.

–Buenas noches, señora– se llevó dos dedos a la gorra de béisbol que cubría su escaso cabello gris–, siento haberla asustado.

Chloe lo miró fijamente. Escalofríos de excitación le recorrieron la espalda. ¡Lo conocía! ¡Lo conocía de alguna parte! A lo mejor la maldita puerta que cerraba su mente estaba empezando a abrirse.

Casi inmediatamente le reconoció como el hombre solitario del café. Su excitación se convirtió en intensa decepción. Ocultándolo con algún esfuerzo consiguió sonreír.

–¿En qué puedo servirlo?

–Me he quedado sin tabaco. ¿Puede decirme dónde está?

–En la estantería de allí, al lado de la cerveza.

–Gracias.

Mientras él rebuscaba entre las distintas marcas de tabaco y papel de fumar, Chloe volvió a ponerse tras el mostrador. Poco después él depositó su compra en la superficie de madera y le sonrió con los dientes amarillentos de un fumador empedernido.

–¿No la he visto en el café hace un rato? –preguntó él mientras ella marcaba la venta en la caja.

–Sí.

–¿Con su novio?

– Él no es... bueno él es... –intentó buscar las palabras precisas para describir sus sentimientos hacia el hombre que acababa de besar. Con cierto sentido de lo inevitable admitió por fin la verdad–. Creo que su definición le va a Mase tan bien como cualquier otra.

–¿Así se llama? No creo haber oído ese nombre antes por aquí.

–No es de por aquí –ansiosa de cerrar y quedarse con sus emociones, Chloe dio la vuelta al mostrador–, si no necesita nada más, cerraré cuando salga.

–No, gracias, señorita, no necesito nada más. Ya tengo lo que vine a buscar –dijo mostrándole sus dientes manchados.

Chloe no podía precisar porqué aquella sonrisa la hacía sentirse incómoda. El hombre hablaba y actuaba con cortesía. Sus pantalones y su camisa habían conocida muchas lavadas, pero estaban limpios y presentables, como sus fuertes botas de trabajo.

Puede que fuera el brillo de sus ojos castaños. O esos dientes amarillentos que le daban aspecto de lobo. Cualquiera que fuera la causa de la incomodidad de Chloe ésta desapareció cuando cerró la puerta tras él.

Se quitó ambas cosas de la cabeza y realizó las pequeñas tareas asociadas con el cierre del almacén. Apagó las luces; el suelo crujió cuando comprobaba las ventanas. El metal tintineó cuando usó el atizador para separar las ascuas de la estufa.

La rutina, ahora familiar para ella, ocupaba sólo una pequeña porción de su pensamiento consciente. Un sentimiento nuevo de anticipación impaciente ocupaba el resto.

Mañana, pensó Chloe al apagar las luces y dejar el almacén sumido en la oscuridad.

Mañana.

# Capítulo Ocho

–Muchas gracias por ofrecerte a cuidar de Hannah, Charlie.

La cálida sonrisa que le dirigió Chloe hizo que el empleado de correos jubilado se sonrojara y desató las protestas de Hannah:

–Por la forma en que me tratas parecería que tengo seis años y no sesenta... y muchos.

Chloe ignoró las quejas de su jefa. Hannah ladraba mucho, pero no mordía casi nunca.

–De verdad, Hannah, no me importa –saltó Charlie–. De hecho quería hablarte de escáners. Llamé a mi antiguo jefe en correos, y me dijo que podríamos conseguir alguno de los modelos antiguos en alguna subasta de material del gobierno.

–¿Para qué demonios quiero yo un escáner? La manada de búfalos de Custer State Park aprenderá a volar antes de que yo aprenda a utilizar un aparato de ésos.

–Yo te ayudaré –le ofreció el visitante.

–¿Me ayudarás? –la sorpresa inicial se transformó en complicidad–. Ya lo voy entendiendo, Charlie Thomas. Tú lo que quieres es tener una excusa para pasar más tiempo cerca de Chloe, ¿no es eso?

El cartero se sonrojó, pero respondió con una sencillez que llegó al corazón de ambas mujeres:

–Para ser sincero, la pesca de la trucha no me

lleva tanto tiempo como pensé, y me encantaría poder ayudar más en el almacén, si me dejaras.

–Ajá –cruzando los brazos sobre el pecho, Hannah lo miró escéptica durante un rato, y luego dijo–. Vuelve a hablarme de esos endiablados trastos.

Chloe tomó la frase como una invitación para salir. Con la promesa de volver a las pocas horas, atravesó corriendo el almacén y al pasar tomó una nevera portátil de encima del mostrador. El nerviosismo que había estado reprimiendo durante toda la mañana afloró en un cosquilleo que le recorrió todo el cuerpo mientras atravesaba la puerta de salida y recibía los espléndidos rayos del sol de mediodía.

Mase la estaba esperando pacientemente. La brisa jugaba con su pelo negro, y llevaba las mangas de la blusa azul remangadas debido al inesperado calor de aquel día de otoño.

–Deja que lleve yo eso –dijo Mase, y levantando las cejas sorprendido al comprobar el peso agregó–. Dios mío, ¿qué has metido aquí?

–La mitad de las existencias del almacén. Hannah insistió en que el aire de los lagos nos abriría el apetito.

De hecho, lo que Hannah había predicho era que los vaqueros y la camisa turquesa de manga larga que llevaba Chloe, le abrirían más el apetito a Mase que cualquiera de las cosas que pudiera llevar en la nevera. Y por la forma en la que los ojos grises de Mase se paseaban hambrientos por las curvas de Chloe, la predicción parecía haber dado en el clavo.

Chloe respondió a aquel deseo, que Mase ni siquiera trató de disimular, como las flores de montaña, que abren sus pétalos al sol. El corazón le latía con fuerza, se tensó su estómago y sentía un suave cosquilleo en torno a sus pezones, bajo su camisa turquesa. Tenía que esforzarse en respirar mientras Mase abría el maletero del Blazer y depositaba la nevera en medio de una serie de artilugios.

–¿Qué es todo eso?

–Cañas y carretes. Pensé que tal vez te gustaría probar a ver qué tal se te da la pesca. Podemos tratar de agarrar alguna mosca para el cebo, a no ser –añadió burlón–, que prefieras agarrar algunos gusanos.

–Ni lo sueñes.

–¿Estás segura? Podemos tendernos en la orilla a perder el tiempo, mientras los gusanos hacen todo el trabajo.

–Con gusanos o sin ellos, tengo intención de tenderme en la orilla. No puedo recordar cuándo fue la última vez que perdí el tiempo durante toda una tarde.

No cayó en la cuenta de la ironía de sus palabras hasta que Mase cerró la puerta del copiloto. Eran muchas las cosas que no podía recordar a parte de la última vez que estuvo tumbada al sol. Pero con decisión impidió que el pánico y la confusión se apoderaran de ella. No permitiría que arruinaran su estado de ánimo ni que nublaran el brillo del sol.

Tenía un nombre: Chloe Fortune. Tenía un padre y dos hermanos en Minneapolis. Estaba prometida al hombre que se había sentado a su lado... o al menos eso decía él. Aquello era suficiente para desterrar las sombras, al menos de momento.

Como si percibiera su estado de ánimo, Mase

mantuvo una conversación fácil e intranscendente durante el breve trayecto que los llevó hasta el lago. Chloe hizo algún que otro comentario, pero por lo demás, se contentaba simplemente con respirar el aire con aroma a pino y con escuchar la voz melódica de Mase. Quince minutos más tarde Mase abandonó el camino asfaltado.

–¿Estás seguro de que sabes a dónde vas? –preguntó Chloe agarrándose al salpicadero mientras el vehículo saltaba por un sendero de tierra.

–Estoy seguro.

Chloe miró el sendero que se adentraba en pleno bosque con escepticismo. La luz del sol luchaba por abrirse camino en la bóveda formada por el denso entramado de pinos y álamos. Una ardilla chilló de forma estridente cuando pasaron demasiado cerca de su casa.

En el momento mismo en que Chloe se preguntaba si el bosque los habría engullido por completo, percibió un destello azul en medio del interminable verdor que los rodeaba. Unos segundos después el Blazer salía de entre los árboles y se iba a para a escasos metros de la orilla de un pequeño y magnífico lago.

–¡Oh! –encantada, Chloe descendió del vehículo–. Oh, Mase. ¡Es precioso!

–Sí, yo también lo creo –respondió Mase con cierto sentido de la propiedad, como si hubiese sido el primer ser humano en descubrir la serena belleza de aquel lago.

Como si se tratara de un espejo, el lago reflejaba las montañas y los pinos que lo rodeaban. Sólo tras fijarse un poco más pudo darse cuenta Chloe de que también el fondo se veía con la misma nitidez que el exterior.

–Parece como si pudiese tocarse el fondo. ¿Qué profundidad crees que tiene?

–La suficiente como para empaparte si te caes dentro.

Abriendo el maletero, Mase comenzó a descargar.

–¿Prefieres comer primero o prefieres pescar?

–¿Dices en serio lo de la pesca?

–Totalmente. Es uno de los placeres de la vida.

–No para los peces –replicó Chloe, mientras lo ayudaba a descargar–. Comamos. Me muero de hambre.

Extendieron la manta, que Mase había tomado sin ningún reparo de su cuarto, junto a una gran roca. Una tupida capa de agujas de pino mullía el suelo. Mientras Mase se recostaba contra la roca con el brazo apoyado en la rodilla que tenía doblada, Chloe comenzó a vaciar la nevera.

–Cerveza para ti, zumo de uva para mí.

–Suena bien.

–Pan, jamón y pechugas de pollo ahumadas.

–Eso suena todavía mejor.

–Queso Cheddar, provolone y queso brie a la pimienta.

–¿Queso brie a la pimienta? –dijo Mase con una sonrisa irónica–. Apuesto a que no tenéis mucha demanda de este producto en el almacén de Crockett.

–No, no la tenemos –admitió Chloe, mientras le quitaba el papel–. Pero el distribuidor me ofreció unas muestras y no pude resistir la tentación.

Buscó en la nevera los platos y los cubiertos de plástico, y puso un poco del cremoso queso en una tostada:

–Toma, prueba un poco y dime qué te parece.

Acercándose, Mase tomó la tostada con los dientes, tomando también la punta de los dedos de Chloe. Extasiada, sintió el tierno arañazo de sus dientes desde la muñeca hasta el codo. Tembló ligeramente, pero no retiró la mano.

–Humm –dijo Mase recostándose de nuevo con un brillo de satisfacción en sus ojos–. Bueno, muy bueno. ¿Qué más tienes?

–¿Qué? Oh.

Recordando sus obligaciones como anfitriona, sacó fruta, ensalada de patata, pepinillos, mostaza, mayonesa y una bolsa gigante de galletas de chocolate. Al terminar, la comida ocupaba casi toda la manta.

–Tenemos comida suficiente como para dar de comer a seis personas –dijo mientras miraba el festín que tenía frente a ella.

–Si tienes la mitad del hambre que tengo yo, nos lo terminaremos –predijo Mase confiado.

Y para sorpresa de Chloe así fue. O al menos la mayor parte. Satisfecha y perezosa, Chloe se recostó sobre la roca mientras Mase se encargaba de limpiar y recoger. Tras haber terminado, Mase se recostó junto a Chloe, pasando un brazo por detrás de sus hombros para que ella pudiera apoyar la cabeza.

Chloe tuvo que admitir que era un magnífico almohadón. Los músculos suaves y cálidos por efecto del sol se amoldaron para acogerla cómodamente junto a él. Mase emanaba un aroma limpio y varonil y Chloe sintió cómo su corazón latía firme y seguro junto al de él.

Durante un rato largo y tranquilo saboreó la

paz, el calor y la belleza del plácido lago. Ansió poder embotellar esa serenidad y llevársela en el bolsillo dondequiera que fuera, para utilizarla en caso de necesidad cuando la incertidumbre y las sombras se cernieran sobre ella. Sabía que no podía, pero podía hacer algo casi tan bueno: librarse de las sombras de una vez por todas. Ahí arropada en el calor de Mase pensó que podía lograrlo.

–Háblame de mi padre.

–Es un buen hombre –dijo Mase en voz baja–. Uno de los mejores. Tú madre murió de una embolia cuando tú y tu hermano gemelo, Chad, teníais sólo una semana de vida. Emmet y tu hermano mayor, Mac, os criaron con tanto amor que una vez me dijiste que no habías echado de menos a tu madre.

El sol pareció perder algo de su brillo. ¿Cómo podía no acordarse de un padre y un hermano que la querían de esa forma?

–¿Cómo es? Mi padre, quiero decir.

Mase sonrió:

–Grande. Franco. Tan rubio como tú hasta que le salieron canas.

La descripción le produjo a Chloe un pinchazo de dolor. Aquello era duro. Mucho más duro que lo de la noche anterior en que sólo tuvo que enfrentarse a nombres. Ahora trataba de visualizar un pelo rubio canoso. Una sonrisa.

–¿Y... y mis hermanos? ¿Los conoces bien?

Mase notó el temblor en la voz de Chloe. Su brazo se deslizó hasta asir su cadera y con un movimiento suave y amable la sentó encima de él.

–Mac, Mackenzie, y yo fuimos juntos al colegio. Era el propio demonio cuando quería, pero siempre se tomó muy en serio sus responsabilidades familiares, incluso siendo niño. Hace poco que se casó, y ahora tienes una sobrina recién nacida llamada Annie.

–Annie. Annie Fortune.

¡Oh, Dios!, pensó, ¿por qué no se acordaba de Mac o de su esposa, o de la pequeña Annie? La tranquilidad del lago pareció entrar en ebullición para ir evaporándose lentamente. Una sensación de vacío inundaba el pecho de Chloe mientras le oía decir a Mase más nombres, descripciones, detalles. Cuando paró, Chloe tragó saliva para aliviar la sequedad progresiva de su garganta.

–¿Y nosotros? ¿Cómo nos conocimos? ¿Cuándo nos prometimos?

–Probablemente te vi por primera vez cuando todavía usabas pañales, pero no te presté demasiada atención hasta que Mac os llevó a ti y a Chad una tarde a casa de mis padres después del colegio. Tendrías unos cuatro o cinco años. Engulliste casi medio litro de helado y luego lo vomitaste todo en mis pantalones.

–Encantador.

–Nos vimos aquí y allá mientras fuiste creciendo, e incluso salimos juntos unas cuantas veces cuando volviste de París el año pasado.

Estiró la cabeza hacia atrás para mirarlo mientras preguntaba:

–¿Unas cuantas veces? ¿Nos prometimos después de vernos tan sólo unas cuantas veces?

Por un instante Mase estuvo tentado de ocultarle la verdad. De aprovecharse de su confusión para decirle que aquellas citas desencadenaron una profunda pasión que terminó convirtiéndose en amor. Unas semanas antes, incluso unos días antes, lo habría hecho. Había vivido durante tanto tiempo una vida tan llena de engaños y medias verdades, que era un maestro en hacer que incluso las mayores mentiras parecieran verdad. Pero en aquel momento ya no podía hacerle eso a Chloe. No podía hacérselo a sí mismo.

–Nuestro compromiso empezó más bien como un acuerdo de negocios –le dijo suavemente–. Tú te encargarías de desarrollar la estrategia de mercado del nuevo bimotor de la industria Chadler, y a cambio yo acepté actuar como tu prometido para que tu padre dejara de presionarte.

Mase pensó que Chloe le pediría más detalles sobre la estrategia de mercado, o que le preguntaría en qué consistía la presión de su padre, pero en lugar de eso, Chloe se fijó en una leve inflexión de su explicación.

–¿Nuestro compromiso «empezó» como un acuerdo de negocios? ¿Cómo... cómo se suponía que iba a terminar?

Mase no tenía que pensar en una respuesta para esa pregunta. Sonriendo, inclinó la cabeza:

–Así, cariño, simplemente así.

Sabía a fresa y a galletas de chocolate y a dulce, dulce Chloe. Mase paladeó cada sabor, cada gota de placer. Los labios de Chloe se abrieron bajo los suyos, y la dulzura se hizo más intensa, más cálida, más densa.

Entonces Chloe se colgó de él, asiéndole fuertemente con los brazos, y tratando de saciar con la boca una ansiedad que despertó en Mase un lento y progresivo dolor en la entrepierna que se hizo casi insoportable cuando Chloe acomodó su cuerpo al de él. Los brazos de Mase temblaban incapaces de reprimir el deseo de tumbar a Chloe sobre la espalda, y de arrancarle la camisa para dejar su desnudez a expensas del sol y de su boca. Mase luchó con todas sus fuerzas contra ese impulso. Era ella la que debía establecer el ritmo, se recordó con furia. No tomaría más de lo que ella quisiera darle. A pesar de la fuerza de su convicción, Mase no estaba preparado para la emoción que le golpeó como si fuera un puño, cuando ella se apartó de él.

–¿Por qué no recuerdo esto? –lloró–. ¿Y si nunca llego a recordar?

Las lágrimas que inundaban sus ojos color violeta acabaron con los restos de autocontrol que tenía Mase. En aquellos momentos era más fácil que dejara de respirar que se volviera atrás.

–No importa –introdujo los dedos en su pelo y le volvió el rostro hacia él–. Construiremos nuevos recuerdos. Suficientes para llenar toda una vida.

–Pero...

–Aquí. Ahora. Así, querida. Así, así.

Ahogando un grito, Chloe se arqueó mientras él la besaba levemente en los labios, la garganta, la pendiente de su pecho. La boca de Mase producía pequeñas explosiones en el cuerpo de Chloe. El ardiente deseo de él despertó la pasión en ella. Chloe le clavó las uñas en el cuello agarrándolo, estimulándolo, aunque Mase no necesitaba ser estimulado. Los pezones de Chloe se irguieron con sus caricias, su vientre se tersó con cada caricia, cada beso, cada arañazo de los dientes de Mase en la camisa de algodón que cubría su piel.

Pudieron pasar breves instantes o largas horas antes de que Chloe se levantara del regazo de Mase poniéndose de rodillas. Con las caderas unidas, pecho contra pecho, boca sobre boca, Chloe se pegó a Mase como si tratara de anclarse en la realidad que él representaba.

–Mase, por favor. Quiero que me hagas el amor. Necesito... necesito que me hagas el amor.

–Yo también. Lo haré.

Los dedos de Chloe pelearon con los botones de la camisa de Mase, deseando, necesitando sentir su piel contra la de ella. Le bajó la camisa, y comenzó a subir las manos por sus brazos, besando cada rincón por el que pasaban sus dedos. Su piel era tan cálida y sabía tan bien. Chloe pasó la lengua por su clavícula y de pronto descubrió una cicatriz en su hombro. Se separó de él, sintiendo repentinamente en su propio cuerpo el dolor que debió haber causado esa cicatriz.

–¿Cómo te hiciste esto? ¿Y esto? –añadió tocando con la punta de un tembloroso dedo otra marca a la altura de las costillas.

–Supongo que no fui lo suficientemente listo –dijo con una sonrisa, agachándose para probar él también. Sus labios y su lengua tenían un efecto tan mágico que Chloe pronto olvidó la cicatriz, la marca de su costilla, y casi se olvidó de respirar.

Estaban los dos sin aliento cuando Mase echó a Chloe sobre la manta y deslizó una de sus piernas entre las de ella, y llevando la rodilla un poco más arriba cabalgó con fuerza sobre su centro. La exquisita tortura hizo que Chloe sintiera cómo la inundaban ráfagas de placer. Las manos y la boca de Mase acariciaron todos los rincones del cuerpo de Chloe hasta lograr ponerlo al rojo vivo. Ella se estremecía de placer bajo él, hambrienta, doliente y henchida de deseo.

Después no recordaría si fue Mase quien le quitó la camisa o si se la quitó ella misma. Si le quitó él los pantalones primero o si fue ella la que se los quitó a él. Todo lo que importaba en aquel momento era el deseo imperativo de unirse a él, de encontrarse a sí misma en él.

¡Lo haría! Se encontraría a sí misma y algo más, a alguien más. Chloe esperó con impaciencia mientras Mase buscaba en los bolsillos de su pantalón vaquero la protección. Los músculos de la espalda de Mase se tensaron, su pelo negro brillaba por efecto del sudor que partía de su frente. Con el cielo azul cristalino como fondo su aspecto era magnífico, tan fuerte e indómito como las montañas que los rodeaban. Cuando se volvió y le sonrió, el corazón de Chloe le dio un vuelco, la puerta de su mente comenzó a abrirse chirriante, casi podía ver a través de ella, casi podía oír las voces que la llamaban.

Entonces Mase se colocó entre sus muslos, apoyó todo su peso en los antebrazos y comenzó a enviar cada pensamiento, cada imagen borrosa a la inexistente tierra del dulce y creciente deseo.

Con una pericia que la dejó sin resuello, la llenó. Los dientes de Mase inundaron sus senos de doloroso y ardiente placer. Sus manos exploraron, acariciaron, palparon, y cuando los dedos de Mase se deslizaron hacia la húmeda cavidad entre sus piernas, Chloe se abrió a él gustosa.

–Te he deseado durante tanto tiempo –dijo Mase con voz baja y profunda, y con los músculos tersos entró en ella–. Te he querido durante tanto tiempo.

–Oh, Mase. Yo también he debido amarte. No podría sentirme como me siento ahora si no fuera así –estrechó los brazos en torno a su cuello, asiéndose, mientras él la llenaba

–Tú... tú tenías razón. El pasado no importa. Sólo importa esto, el ahora.

Sus caderas y su corazón se alzaron al unísono. Feliz, le condujo dentro de ella. Aquello estaba bien. Era un recuerdo, un momento que ella guardaría en su corazón para siempre. Donde quiera que fueran a partir de ahí.

Él empujó lentamente al principio, después más profundo, más fuerte, más rápido. El ritmo era como una canción primitiva interminable y perfecta. El cuello y la espalda de Chloe se arquearon, y el placer que se centró en la parte baja de su vientre, aumentó progresivamente hasta explotar. Ella gritó, cabalgando las olas durante lo que parecía una eternidad, hasta que Mase se introdujo por última vez dentro de ella y llegaron juntos a la cúspide.

Él enterró su cabeza en el cuello de ella, estremeciéndose. Con los ojos cerrados, el cuerpo extenuado. Chloe se pegó a él. La incertidumbre todavía rondaba por su cerebro, pero se sentía como el marinero sólo y perdido que milagrosamente a pesar de la niebla logra cruzar los mares y regresa a casa.

La sensación de que iba encontrando lentamente su camino a través de la niebla permaneció con ella durante la increíble hora que pasaron juntos después, echada con la cabeza apoyada en el brazo de Mase, los ojos cerrados y el rostro vuelto hacia el sol. Aquella misma sensación se intensificó aún más cuando volvieron a hacer el amor, esa vez de una forma más suave, más lenta.

Pero la niebla sólo se disipó de una vez y para

siempre cuando regresaron a Crockett y pararon ante la puerta del almacén. Chloe descendió del Blazer, con la intención de ayudar a Mase a descargar la nevera y los restos de su almuerzo, cuando la campana que había sobre la puerta sonó. Echó una ojeada sobre su hombro en dirección a la mujer que había abierto la puerta y salía al porche.

–Ya era hora de que volvieras.

Al oír aquel tono de voz ronca, el corazón de Chloe se tambaleó y después se paró. Le bajó la sangre a los talones. El recuerdo helado se filtró a través de todas las células de su cuerpo. ¡Conocía esa voz! ¡Conocía a aquella mujer! Paralizada, vio como la alta y elegante mujer morena bajaba corriendo las escaleras y se dirigía directamente hacia Mase.

# *Capítulo Nueve*

Hawkins. Pam Hawkins.

El nombre se abrió paso en las nieblas de la mente de Chloe como un potente rayo láser en la noche. Fragmentos de escenas volvieron a ella. Una sala de recepción bañada por el sol. Un despacho forrado con paneles de madera. Aquella mujer de rasgos angulosos riéndose con Mason mientras jugueteaba con su corbata.

Se quedó paralizada por el bombardeo de recuerdos mientras la morena pasaba por delante de ella envuelta en una nube de perfume caro.

–Tengo que hablar contigo, Mase ¡ahora!

Conteniendo el aliento, Chloe esperó la respuesta de él. Con expresión ceñuda, Mase volvió a poner la nevera en el coche y fue a saludar a la recién llegada.

–¿Qué pasa?

No hola, observó Chloe muriéndose un poquito por dentro. Ninguna exclamación de sorpresa al verla allí. Sólo ese simple saludo, como si, apretó los puños, como si, en parte, la esperase.

Una marea de emociones se levantó en Chloe. Como una ola gigantesca, barrió con todo, incluyendo las sombras que la habían perseguido durante tantas semanas. Casi tropezó bajo las oleadas sucesivas de daño, celos salvajes y fiera posesividad.

El daño y los celos desaparecieron después de

las primeras oleadas. Sólo la posesividad permaneció, tan pura y elemental como los sexos. Un pensamiento ardía en su mente. Una certeza absoluta anidaba en su pecho. Mase era de ella. Él la amaba. Ella lo amaba. Lo que hubiera ocurrido entre él y aquella mujer no tenía nada que ver con sus sentimientos por Chloe. Nada que ver con lo que acababa de suceder en el lago.

¡Nada!

O eso trataba de creer ella cuando Pam se detuvo ante Mase, su cara tan ceñuda como la de él.

–Dexter Greene está en la zona.

–¡No fastidies!

–El miércoles estaba en Rapid City.

–¡El miércoles! De eso hace dos días ¿Y vienes ahora a decírmelo?

–Los malditos burócratas del Buró no han dicho nada hasta esta mañana –su boca se torció en una mueca–, te puedo garantizar personalmente que serán más eficientes la próxima vez.

–No habrá próxima vez –prometió Mase en un tono que hizo que a Chloe se le erizara el vello de la nuca.

Pam miró hacia atrás y luego bajó la voz. Todavía rígida, anonadada por la salvaje posesividad que le nacía de lo más hondo, Chloe captó una apresurada referencia al jefe, quienquiera que fuese, y a un equipo que permanecía en espera de las órdenes de Mase.

–Tenemos que poner esta operación en marcha –concluyó la morena en voz baja, lanzando otra rápida mirada a Chloe–. Jackson está dentro. Puede quedarse con la señorita Fortune mientras te informan y vemos cómo recuperamos la pista de Greene. Mase ¡te necesitamos ahora!

Chloe se quedó estupefacta al ver la cara de él. Aquél no era el hombre que había pasado dos días con ella contando latas de comida. Ni siquiera el hombre que acababa de transportarla a una pasión abrasadora. Era un extraño, duro como el acero. Incluso su voz era distinta, cortante como el cristal.

–Dame un minuto, Pam.

–Mase...

–Dame un minuto.

Ella agitó una mano, como si quisiera discutir el asunto, luego cedió contra su voluntad.

–Le haré saber a Jackson que vamos a dejar a la señorita Fortune con él.

Chloe irguió la barbilla. No le gustaba que la «dejaran» más de lo que le gustaba ser dada de lado por aquella mujer que tenía demasiada confianza en sí misma. No hizo el menor esfuerzo por disimular su rabia. Sus ojos buscaron los de la otra mujer, que empezaba a subir los escalones.

Pam pestañeó, por una fracción de segundo le falló la confianza. Luego entró en el almacén dejando a Chloe sola con el hombre que la había tenido tan tiernamente en sus brazos hacía menos de una hora. No mostraba el menor signo de ternura ahora. No dejaba traslucir nada más que prisa. Con una fantasmagórica sensación de *dejà vu* se mantuvo en pie, tan rígida como uno de los pilares del porche, viendo cómo Mase acortaba la escasa distancia entre ellos.

–Chloe, escúchame. Tienes que confiar en mí. No puedo explicarte lo que está pasando – ella se atragantó. Aquello le sonaba familiar. Ella estaba todavía luchando contra una nueva invasión de recuerdos cuando los dedos de él se cerraron en torno a sus antebrazos. La frustración y la urgencia se marcaban claramente en su rostro–. No puedo explicártelo porque yo «no sé» qué pasa. Todo lo que puedo decirte es que sospechamos que un hombre llamado Dexter Greene puede estar siguiéndome la pista.

–¿Siguiéndote?

–Acechándome –corrigió él secamente–, es peligroso, Chloe, muy peligroso.

–Pero ¿cómo? ¿por qué?

–Necesito detalles, comprender la situación. Volveré tan pronto como me informen y te diré todo lo que pueda, te lo prometo.

–¿Todo lo que puedas? No es suficiente.

–Tendrá que serlo.

–No –sus manos se crisparon sobre le pecho de él– no me voy a conformar con unas pocas y elegidas migajas. Lo quiero todo, Mase. Quiero cada recuerdo, cada pedacito de nuestro pasado. Cada pedacito de «tu» pasado. Si vamos a compartir ese futuro del que hemos hablado no puede haber más sombras ni secretos entre nosotros.

–Vamos a compartir algo más que un futuro –los dedos de él se hincaron en su carne–. Yo te amo, Chloe. Sólo a ti, y quiero casarme contigo. Quiero tener niños contigo. Quiero hacerme viejo y canoso contigo. Confía en mí, cariño. Sólo un poco más.

Chloe no intentó averiguar más. Quería explicaciones. Necesitaba explicaciones. Pero la urgencia en la voz de Mase pudo más que su terca determinación. La expresión de sus ojos la rompió en pedazos. Sorprendida, pensó que había entrevisto un brillo de preocupación detrás del amor que expresaban sus profundos ojos grises.

¿O era miedo? ¿Por ella? ¿Por él? Estremecida, aceptó.

–Muy bien. Esperaré un poco más, pero...

Antes de pudiera poner condiciones él la atrajo hacia sí. Su boca se posó en la suya, dura y urgente y tan consumidora que el mundo pareció girar fuera de su eje. Por un momento los únicos objetos reales del universo fueron ella y Mase y el infinito cielo azul. Ella se colgó de él, necesitando un ancla, necesitando su fuerza sólida, la base de roca de su amor. Demasiado pronto para su paz de espíritu, él rompió el contacto, apartándola con los brazos.

–Vete adentro, Chloe y quédate allí. Pam te presentará a un hombre llamado Dave Jackson. Se quedará contigo hasta que yo regrese.

Ella llegó hasta los escalones del porche. Se volvió queriendo encomendarle que tuviera cuidado, pero las palabras murieron en su boca al ver cómo sacaba una pistolera de cuero de la guantera del coche.

Con una gran economía de movimientos, que le indicaron que ya lo había hecho muchas veces anteriormente, sacó un arma de aspecto mortífero de la pistolera, abrió el cargador, comprobó la carga y volvió a cerrarlo. Con expresión obstinada, guardó el arma en la pistolera y la volvió a meter en la guantera. Estaba comprobando el cargador de repuesto cuando miró hacia arriba y la vio, petrificada.

–Vete adentro Chloe y quédate allí.

Ella entró.

Charlie Thomas la estaba esperando con cara

de confusión. También Pam Hawkins y otro hombre que Chloe no había visto en su vida. Pam transpiraba impaciencia por cada línea de su rostro. Le presentó a un individuo delgado como un espantapájaros que tenía una sonrisa tímida y el pelo rubio y rizado.

–Éste es Dave Jackson. No te dejes engañar por su aspecto, es uno de los mejores.

–¿De los mejores de qué?

La pregunta ácidamente cortés cayó en oídos sordos.

–Mase te dirá lo que pueda, cuando pueda –volviéndose hacia el hombre que estaba a su lado Pam le dio una orden brusca–. Tienes tu radio. Llámame a mí o a Mase si nos necesitas.

–Lo haré –Jackson sonrió y su cara delgada se plegó como un acordeón–. Es como en los viejos tiempos ¿verdad? Todo el equipo unido de nuevo. Tú y Mase jugando fuerte y rápido y duro como siempre habéis hecho.

La morena le envió a Chloe una rápida mirada.

–Casi igual –murmuró– casi igual.

–No, no lo es.

Las palabras de Chloe la sorprendieron a ella tanto como a los otros tres. Sin embargo, en cuanto hubo dicho las palabras, supo que tenía razón.

Como si hubiera rebobinado un vídeo, las imágenes surgieron ante ella. Se vio salir corriendo de la oficina de Mase. Huir del alto edificio y correr hacia su Mercedes con una bolsa de viaje en la mano y el corazón dolorido.

Bueno, ya no iba a correr nunca más. Y no le iba a permitir a aquella mujer que pensara que podía jugar a nada con Mase. Se acercó a ella hasta que estuvieron cara a cara.

–Nada es igual –informó Chloe con una voz tan impenetrable como el acero–. Sea lo que sea que haya sucedido entre vosotros en el pasado, nada volverá ser igual.

Los ojos de gato de Pam se estrecharon.

–¿Tú crees?

–Lo sé.

Pam la miró fijamente durante un buen rato. Chloe había llegado ya a la conclusión de que la otra mujer no iba a responder, cuando ella asintió con la cabeza. Fue un movimiento casi imperceptible, su barbilla descendió sólo unos pocos grados. Y sin embargo, aquel pequeño gesto indicaba derrota y una vulnerabilidad que barrió parte del rencor que flotaba entre ambas mujeres como si fuera un ser vivo.

Chloe se dio cuenta de que Pam lo amaba. A su manera, lo amaba. Eso le dio valor para estirar la mano y apoyarla en el brazo de la otra mujer.

–Ten cuidado.

Pam bajó los ojos. Cuando volvió a alzar la mirada casi sonreía con ellos.

–Lo tendré.

Se fue envuelta en un remolino de perfume y de instrucciones para Jackson. Chloe luchó contra su deseo de seguirla y darle el último adiós a Mase. Él no necesitaba más distracciones. Volvería a ella cuando pudiera, se lo había prometido. Mientras tanto, ella iba a necesitar desesperadamente de algún tiempo de tranquilidad para afrontar los recuerdos que explotaban dentro de ella. Antes, sin embargo, tenía que ir a ver a Hannah.

–Siento haber tardado tanto, Charlie ¿está bien Hannah?

El cartero jubilado asintió.

–Está muy bien. Un poco fastidiada por no poderse levantar a controlarlo todo, a esos forasteros que han llegado al pueblo, pero por lo demás está bien.

–Gracias otra vez por haberte quedado con ella.

El cartero miró a Dave Jackson, desde el pelo rizado hasta las botas de punteras negras.

–Si quieres, puedo quedarme más tiempo.

–No hace falta.

Cuando se cerró la puerta, el larguirucho Jackson le dedicó otra sonrisa tímida a Chloe.

–Haga lo que tenga que hacer, señorita Fortune, yo me ocuparé del almacén. Pam y yo lo revisamos mientras los esperábamos. Las habitaciones también. Puedo estar a su lado en un suspiro, si hace falta.

Con aquella dudosa promesa de seguridad resonando en sus oídos, Chloe fue hacia las habitaciones del fondo. No le sorprendió encontrarse a Hannah con los brazos cruzados sobre el pecho y un ceño feroz en su rostro curtido por la intemperie.

–¿Qué está pasando aquí, chica?

–Ojalá lo supiera.

Se dejó caer en uno de los sillones, casi tan cansada por las emociones de los últimos minutos como por las horas pasadas en el lago.

–Esa tal Hawkins me puso una tarjeta de identificación delante de las narices –gruñó Hannah–. Dijo que ella y Mase estaban persiguiendo a algún tío peligroso. Yo no necesito ningún pedazo de plástico para darme cuenta de que ella va causando líos por todas partes con su pelo brillante y sus zalamerías.

–Más líos de los que piensas.

Los agudos oídos de Hannah captaron la tensión de su voz.

–Así que es ella –murmuró oscuramente. Su mirada se fijó en Chloe– ¿la conocías?

–¿Yo? No. Pero Mase...

Se mordió el labio inferior. A pesar de las valientes palabras que le había dirigido a Pam hacía unos minutos, las dudas comenzaron a zumbar alrededor de su cabeza como moscardones. La morena, evidentemente, consideraba a Mase como algo más que un socio. Tan evidentemente que quería recuperar cualquier clase de relación que hubieran tenido ¿Querría también Mase?

El bufido de Hannah barrió sus dudas.

–Cualquier idiota con ojos en la cara puede ver que Mase te quiere a ti, niña. Y viendo las hierbas que se te han pegado en el pelo diría que ha empleado el tiempo que estuvisteis en el lago demostrándote cuánto te quiere.

Una sonrisa avergonzada surgió en los labios de Chloe.

–Creo que yo le he demostrado también una cosa, o dos, o tres.

–Mm.

Hannah pensó en aquello, luego atravesó a Chloe con una aguda mirada.

–¿Te contó que encontraste a esa tal Hawkins en sus brazos? ¿Qué por eso huiste de él?

La breve sonrisa de diversión se apagó.

–No tuvo que contármelo. Lo recordé yo.

–¿Lo recordaste? ¿Todo?

–Casi todo. Vuelve a retazos.

–Sabía que lo conseguirías, chica! –llena de alegría le extendió la mano– ¡nunca tuve la menor duda!

Chloe se levantó del sillón y se arrodilló junto al sofá. Plegó los dedos alrededor de los de la anciana y se llevó su mano a la mejilla.

–Puede que tú no tuvieras ninguna duda, pero yo sí. A veces, las sombras eran tan oscuras y espesas que creí que nunca hallaría el camino para salir de ellas. Yo... no podría haber soportado estas semanas sin ti, Hannah.

La demostración de gratitud provocó otro bufido, esta vez de azorada satisfacción. Hannah dijo Bah, bah, pero no apartó la mano. Algo que se parecía sospechosamente a las lágrimas brillaba en sus ojos cuando le dijo a su empleada que no hiciera tantas tonterías.

–Eres más fuerte de lo que crees, Chloe Fortune. Habrías encontrado el camino de vuelta a tu hombre más pronto o más tarde. Ahora levántate del suelo y ve a peinarte.

Con una sonrisa volvió a la trastienda. Cuando vio las cajas apiladas de cualquier manera y la mescolanza de mercancías en espera de ser colocadas en las estanterías, sus pasos se hicieron más lentos. Frunció el ceño y extendió una mano hacia una caja sin abrir de zumo de fruta.

Recuperar la memoria significaba también perder el santuario que había hallado en Crockett. Volvería a Minneapolis con Mase, retornaría a su familia y a la atareada vida que había llevado antes. Y dejaría a la mujer que había llegado a ser su amiga además de su patrona.

¿Quién movería aquellas pesadas cajas hasta que los huesos de Hannah soldaran? ¿Quién se las manejaría con aquel montón de cuentas sin pagar que ella hacía como si no existieran? ¿Quién trataría con los proveedores y rotaría los productos y cerraría por la noche?

¿Charlie Thomas? ¿Doc Johnson? ¿el alcalde Dobbins?. Todo el mundo en el pueblo quería a Hannah. Tenían que hacerlo, teniendo en cuenta que les vendía las cosas a precios que apenas cubrían el precio de coste. Podrían ayudar. Tendrían que ayudar. Chloe estaba pensando en un turno de voluntarios cuando el sonido de pisadas que venían del almacén la sobresaltó.

¡Mase! ¡A lo mejor era Mase! No había oído la campana. Corrió hacia el almacén y tropezó con un hombre que estaba rondando a un extremo del mostrador. Unas manos ásperas se extendieron para sujetarla. Ella sintió un aliento con olor a tabaco y supo antes de mirarlo que el hombre que la sujetaba no era Mase. Se soltó y lo reconoció inmediatamente. El hombre solitario del café, su último cliente de la noche anterior. Sus dientes amarillentos por el tabaco lo identificaban tanto como su escaso cabello. Librándose de él dio un paso hacia atrás.

–Siento haber tropezado con usted.

Él lanzó una ojeada al almacén antes de contestar con voz lenta.

–No ha sido nada.

Sus ojos castaños se posaron en ella, calculando, casi tasando. La incomodidad que había sentido Chloe la noche anterior en presencia de aquel hombre volvió de golpe, pero aquella vez tenía el ingrediente añadido de las revelaciones de Mase.

Alguien le estaba acechando. Alguien que era peligroso.

Miró más allá de la cazadora roja del hombre,

buscando a Dave Jackson. Lo único que vio fueron motas de polvo danzando en los últimos rayos de sol de la tarde y el área vacía alrededor de la estufa. Su incomodidad se convirtió de repente en miedo. Algún instinto de supervivencia escondido le hizo ocultar su miedo.

–¿Usted...? –a pesar de sus esfuerzos le tembló la voz. Tragó saliva y se movió hacia el mostrador con toda la naturalidad de que fue capaz. Quería poner entre ellos aquella sólida construcción de madera–. ¿Venía por más tabaco?

–No señora, venía por usted.

Las palabras tenían tal falta de entonación que le llevó unos segundos comprender el mensaje. Cuando lo comprendió se dio la vuelta para enfrentarse a él. Incrédula comprobó que la había seguido y estaba tras ella. En vez de separarlos, el mostrador se había convertido en una trampa. Él no sonrió, no mostró ninguna emoción en absoluto. Pero Chloe le adivinó la intención en la mirada.

Abrió la boca para gritar.

Antes de que pudiera proferir ningún sonido él la golpeó en la mandíbula con su puño. Sus rodillas se aflojaron y sintió cómo se iba hacia atrás. Un segundo más tarde el mundo había desaparecido en la oscuridad.

# *Capítulo Diez*

Mase, tenso, preguntó de forma tajante a Pam:

–Dime cómo sabes que Dexter Greene estaba en Rapid City hace dos días.

Pam contestó con la fría profesionalidad que les había salvado la vida a ambos en más de una ocasión.

–El F.B.I. interceptó una llamada de la nuera de Greene a una amiga. Sharon Greene dijo que su suegro había contactado con ella el miércoles por la mañana. Una vez conocido ese dato, nos llevó tan sólo un par de horas comprobar el origen de las llamadas que había recibido. Una de esas llamadas procedía de una cabina telefónica en Rapid City.

Mase recorrió la habitación en la que Pam y su pequeño equipo se habían reunido para ponerle al tanto de la situación. Se sentía tan encorsetado como los trofeos que el alcalde Dobbins había colgado de la pared. El cuarto, ya de por sí pequeño, apenas podía dar cabida a Pam y a otros dos miembros del equipo, además de a todos los aparatos de alta tecnología que les acompañaban.

Mase estudió la situación. El corazón le bombeaba pura adrenalina, como ocurría siempre que se encontraba en medio de una misión. Esta vez además le consumía una preocupación. A pesar de los consejos del médico de no obligar a Chloe a afrontar el pasado antes de que estuviera preparada, Mase sabía que se les había acabado el tiempo. Tenía que sacar a Chloe de Crockett, y llevarla lejos de la línea de fuego.

–Llama a un helicóptero –le ordenó a Pam–. Tan pronto como acabemos de hablar, llevaré a Chloe a la pista de aterrizaje. Quiero sacarla de aquí antes de que empiecen los tiros.

–Ya he organizado la evacuación –respondió su colega con una leve sonrisa–. El pájaro os estará esperando cuando Chloe y tú lleguéis allí.

–Bien. ¿Qué más tenéis?

Un agente de treinta años que tras su aspecto infantil encubría una probada profesionalidad, abrió un ordenador portátil:

–Sabemos que Greene está usando una o dos identidades falsas. También se ha disfrazado. El empleado de la agencia de alquiler de coches en Minneapolis no lo recordaba muy bien, lógicamente fue a por el coche en un momento en el que había mucho público, pero me dio algunos detalles vagos para utilizar en la base de datos. Según el agente que alquilaba los coches lleva el pelo gris –el joven tocó las teclas de la computadora. La cara de Greene, tal y como Mase la había visto por primera vez, apareció en la pantalla. Tocando una tecla, le puso el pelo blanco–. Se ha dejado crecer el pelo y lleva barba.

–¡Para!

La orden de Mase fue tan tajante que el operario casi se cae de la silla.

–Vuelve para atrás –espetó–. Una imagen más. ¡Ahí! ¡Quieto ahí¡

Se inclinó sobre su hombro, mientras la sangre se le congelaba en las venas. Él había visto esa cara. Esos ojos amarillentos. Hacía poco. Tan poco como... ¡La noche anterior!

Ese hombre era uno de los comensales que habían acudido a tomar el plato del día del alcalde Dobbin. El solitario. Inclinado sobre la mesa de la esquina, al fondo. El comensal solitario era más delgado que el hombre que aparecía en la foto de la computadora. Mucho más delgado. Los pómulos hundidos, le daban la apariencia de un hombre mucho mayor, y el pelo le tapaba el cuello. Aquellos ojos amarillentos se habían alzado sólo un segundo cuando Chloe y él pasaban a su lado, pero...

¡Chloe! ¡Greene le había visto con Chloe!

Mase se volvió buscando la puerta.

–Está aquí, en Crockett –les dijo a sus atónitos compañeros–. Me vio ayer con Chloe. Tengo que sacarla de aquí.

–Yo te cubriré –Pam se puso de pie de un salto y comenzó a dar órdenes a los otros dos, mientras salía tras Mase, pisándole los talones–. Tomad posiciones. Dadnos cobertura cruzada del almacén y la calle principal. ¡Moveos, demonios, moveos!

En el mismo instante en el que Pam se sentaba en el asiento del copiloto, Mase metió la marcha y arrancó haciendo chirriar las ruedas. Atravesó la calle principal maldiciendo y rezando mientras levantaba el asfalto, y antes de parar, el Blazer casi subió los escalones de la entrada del almacén.

Mase subió de un salto los restantes peldaños y abrió la puerta de un golpe. La campanilla salió despedida. Una Hannah demudada estaba frente a ellos apoyándose en las muletas y apuntándolos con su escopeta.

–¡Demonio de chico! –gruñó–. He estado a punto de volarte la tapa de los sesos.

–¿Dónde está Chloe?

–¿Y Dave Jackson? –añadió Pam tras él.

–No lo sé –Hannah bajó la escopeta. En su anciano rostro parecieron intensificarse las arrugas–. Oí un ruido extraño, como un crujido, llamé y nadie me contestó, así que saqué mi esqueleto de la cama para investigar.

–¿Qué encontraste?

–Nada de momento, pero no me manejo lo suficientemente bien con estas dichosas muletas como para llegar hasta los rincones –sus ojos azules dejaban traslucir una preocupación que no trataba de ocultar–. Pensé... esperaba que, tal vez, Chloe estuviera contigo.

–No lo está. Registra la tienda, Pam. Yo me encargo del cuarto de atrás y de la parte de arriba.

Mase estaba a medio camino de la trastienda cuando el grito de Pam le paró en seco.

–¡Mase! ¡Aquí!

Girando, se precipitó hacia una esquina polvorienta al fondo de la tienda. Dave Jackson estaba tendido en el suelo, escondido tras los sacos de sal gorda de veinticinco kilos. Tenía una herida en la parte posterior de la cabeza y había perdido bastante sangre.

–Está vivo –informó Pam, mientras le tomaba el pulso en la yugular.

Mase hincó una rodilla en tierra para examinar la herida. El miedo de lo que pudiera pasarle a Chloe le oprimía el pecho, pero no podía ignorar las reglas que se había impuesto en docenas de misiones difíciles. Regla número uno: no abandonar nunca a un compañero. Regla número dos: asegurarse de que los heridos recibían la atención necesaria. Regla número tres: aguecar el ala cuando las cosas se ponían demasiado difíciles. La regla número tres no era aplicable en este caso, pensó Mase. No iba a abandonar hasta que encontrara a Chloe.

Mase se sintió aliviado al comprobar que Dave se movía y había emitido un ligero lamento.

–Llama a una ambulancia –dijo Mase, incorporándose–. Y quédate con él hasta que llegue alguien.

Mase dejó a Pam con su radio y corrió a la trastienda. Segundos después encontró lo que había estado buscando. Una puerta trasera abierta, y las huellas de un par de botas de hombre en el barro que había fuera de la casa. Pero no había sangre. Gracias a Dios, no había sangre.

Las huellas se habían hundido mucho en el barro, como si su dueño transportara un fardo muy pesado. Atravesaban el descampado que había detrás de la casa, y después desaparecían entre los pinos. Con el corazón palpitante, Mase miró la densa cortina de pinos, y se imaginó la escalofriante imagen de Chloe inconsciente colgando de los hombros de Dexter Green, una Chloe desvalida, e incluso tal vez traumatizada tras haber recibido un golpe en la cabeza.

Levantó la barbilla tras embargarle un nuevo y súbito temor. ¿Qué había dicho el neurólogo? ¿Que otro golpe o shock podía hacer que las víctimas de la amnesia, retrocedieran todavía más? ¿Que su perdida de memoria podía llegar a ser permanente?

Con decisión, Mase desterró esta posibilidad de su mente. En ese momento no podía preocuparse por eso. En esos momentos lo que tenía que hacer era considerar la posibilidad de que Dexter Greene se hubiera llevado a Chloe a Black Hills...

¿Pretendía utilizarla como cebo para atraer a Mase? ¿O quería hacerle sentir la misma agonía que él había sentido? La sangre fría que comúnmente lo caracterizaba, se heló en sus venas. Brutalmente se enfrentó al miedo sofocante que sentía por lo que pudiera ocurrirle a Chloe. Necesitaba concentrarse en su trabajo, hacer aquello para lo que había sido entrenado. Dando un par de zancadas entró de nuevo en la tienda.

–He encontrado sus huellas. Voy tras él.

Pam levantó la cabeza y lo miró dispuesta a replicar, pero la vista de su rostro le hizo desechar cualquier oposición. Simplemente dijo:

–Te seguiré con los otros. Estaremos justo detrás de ti.

–Toma –le dijo Hannah pasándole la escopeta–. Llévate esto contigo –y metiéndose una mano en el bolsillo sacó una caja de munición que le lanzó. Mase la agarró al vuelo.

–Si ese bastardo hace daño a Chloe –dijo Hannah con furia–. Trae su piel de vuelta para que Harold Dobbins se ocupe de él.

–Si hace daño a Chloe no quedará suficiente piel.

Cuando Chloe recuperó el conocimiento tenía la sensación de que una puerta giratoria le había golpeado la mandíbula. Le ardían las articulaciones de los hombros, y las muñecas en el lugar en el que habían sido atadas tras su espalda. Le dolía la cintura como si hubiese llevado un cinturón muy apretado o se hubiese doblado sobre una barra de acero. Y lo que era peor, tenía una carne de gallina que hacía que le picara todo el cuerpo.

Pronto comprendió a qué se debía el frío. Los altos pinos que la rodeaban impedían la entrada de la luz del sol, y absorbían el calor de las piedras de granito de los acantilados que había a su alrededor. También localizó la causa de sus dolores. Estaba con una rodilla en tierra, agazapado tras una roca, con la gorra de béisbol encajada hasta las cejas, y los ojos fijos en una senda que discurría entre los árboles, por debajo de los acantilados. A su lado tenía un rifle de caza que reposaba sobre la superficie plana de una roca.

De pronto sintió que el terror la paralizaba. Desesperadamente trató de librarse de sus ligaduras. ¡No iba a dejarse llevar por el pánico!, se juró a sí misma conteniendo un sollozo, ¡No lo haría! Respiraría profundamente

–¡Aaah!

Su primer intento por desatarse le hizo exhalar un grito. El dolor le recorrió los brazos, desde los hombros a las muñecas, y cayó de espaldas, mientras su secuestrador se volvía a mirarla.

–Despierta, ¿eh?

No se movió de su sitio, ni dejó el arma. El sendero entre los árboles seguía estando en su campo de visión. Con los sentidos aguzados por el terror, Chloe se percató de algunos detalles que no había percibido la noche anterior.

El acento, tan diferente al de los habitantes de Dakota del Sur. Los pómulos hundidos, y la impenetrabilidad de su mirada.

–Siento haber tenido que hacerle daño, señora. No tengo por costumbre ir por ahí maltratando a las mujeres, pero sabía que atraparla a usted era la forma más segura de poner a su hombre en mi punto de mira.

En su punto de mira. ¡Dios mío!, pensó Chloe, estaba esperando a Mase. ¡Planeaba dispararle! La silenciosa plegaria que mentalmente había emitido para que Mase fuera en su auxilio, se transformó en un ferviente ruego para que se mantuviera lejos y a salvo. Ignorando el intenso dolor que le producían sus ligaduras, se incorporó progresivamente, apoyándose primero en la cadera, después en un codo y superando el infinito dolor que le atenazaba desde el cuello hasta las muñecas, consiguió finalmente ponerse boca arriba. Poco después estaba reclinada contra la pared de granito que tenía a su espalda.

–¿Por qué...? –luchó por extraer las palabras de su garganta reseca de terror– ¿por qué lo buscas? ¿Qué te ha hecho?

–Mató a mi hijo.

La fría respuesta dejó a Chloe paralizada. Pasado el primer instante de incredulidad, sólo pudo replicarle.

–¡No! –estalló–. ¡No, está equivocado! ¡Mase no mataría a nadie! ¡No podría!

Sus ojos adquirieron un aspecto opaco, más frío, al decir:

–Pudo. Lo hizo.

–¡Persigue al hombre equivocado! –doblando una pierna, logró sentarse sobre ella–. No sé cómo murió su hijo, ni por qué piensa que Mase lo mató, pero sé que él no lo haría...

–Mi hijo murió en una celda, estrangulado como un cerdo. Su hombre lo detuvo y lo puso allí. Él y esa mala pécora con la que trabaja. Aunque trabaje para el Gobierno, él es peor que los caza recompensas que años atrás andaban por estas colinas.

–¿Mase? –preguntó Chloe con desmayo–. ¿Está usted hablando de Mase Chandler?

Su secuestrador escupió tabaco al suelo:

–No era ése el nombre que utilizaba cuando se coló en nuestro campamento, ni tenía tampoco el aspecto elegante y refinado que tiene ahora. Arrestaron a mi hijo y se lo llevaron para que muriera en esa celda. Me llevó dos años saber su verdadero nombre. Dos años encontrarlo.

Chloe lo miraba incrédula. ¡Seguro que se había equivocado de hombre!, pensó. ¡No podía estar hablando de Mase! ¡El sereno y tranquilo Mase! Pero parecía tan convencido. Y... ,tragó saliva, Mase viajaba tanto.

Los recuerdos comenzaron a colarse a través de su duda. Recordaba a su prometido tras uno de sus viajes, con un cansancio y unas ojeras tan profundos que difícilmente podían ser el resultado de una serie de reuniones de trabajo. También recordaba una ocasión en la que ella lo llamó por un asunto urgente, y comprobó a través de una serie progresiva de clics como la llamada era transferida a algún lugar remoto. Por un instante sintió que la tierra temblaba bajo sus pies. El universo que empezaba a recomponer, volvía a desmoronarse. Los recuerdos que habían comenzado a volver momentos antes, se centraban entorno al Mase Chandler que creía conocer. Ahora, empezaba a darse cuenta, incrédula, de que no lo conocía en absoluto, de que realmente nunca lo había conocido.

Su secuestrador se percató de su angustia y sus labios dibujaron una leve sonrisa de satisfacción:

–No tenía ni idea de lo que hacía Chandler cuando dejaba la oficina, ¿no es cierto, señorita?

Debería estarme agradecida, la estoy librando de casarse con un asesino.

Chloe lo miró fijamente, y abrió y cerró la boca varias veces sin poder decir nada, hasta que finalmente estalló:

–¡No! No voy... no puedo... Oh, Dios mío, simplemente no puedo creer que Mase... mi Mase...

Más tarde le estaría fervientemente agradecida a su incoherencia. No sólo divirtió a su secuestrador, dándole mayor satisfacción, sino, lo que era más importante, distrajo su atención durante uno o dos segundos... lo suficiente para que Chloe pudiera percibir cómo una sombra se reflejaba un instante sobre la pared del acantilado que había tras él. El barboteo de Chloe se hizo más desesperado e intenso.

–Ha estado persiguiendo al hombre equivocado. Mase no es un asesino. No haría daño a nadie.

Apoyándose en la pierna que tenía doblada bajo su cuerpo, logró incorporarse sobre una rodilla. La sombra que se reflejaba en el acantilado detrás de su secuestrador cambió una vez más de lugar.

–Conozco a Mase –gritó–. Lo quiero. No es un asesino.

Entonces, en una décima de segundo, la situación estalló violentamente.

Una bota arañó la roca. El secuestrador emitió un juramento, tomó el rifle y giró sobre sus talones. Sonó un disparo en el mismo instante en el que Chloe se lanzaba por encima de las rocas. Cayó sobre su secuestrador, tirándolo al suelo justo en el momento en el que Mase saltaba del acantilado que había sobre ellos. Cegada por la nube de pólvora y ensordecida por el estruendo del disparo, empleó la cabeza, los hombros y las rodillas lo mejor que pudo para tratar de agredir a su secuestrador antes de ser lanzada violentamente contra las rocas.

Cuando las lágrimas limpiaron sus ojos de pólvora, pudo ver que su secuestrador yacía entre las rocas y que Mase se encontraba sobre él, con la respiración entrecortada. Durante un segundo, sólo un segundo, Chloe vio el deseo de matar en su mirada. Se le heló el corazón. ¿Era cierto? ¿Era un asesino? Antes de que pudiera hablar, antes incluso de que pudiera respirar, Mase se quitó el cinturón, y volteó con fuerza al hombre que yacía inconsciente. Con movimientos rápidos le ató fuertemente las manos a la espalda con el cinturón.

Y entonces Mase, su Mase, se volvió y la tomó en sus brazos.

# *Capítulo Once*

Nunca jamás hubiera podido creer que el terror y la violencia que acababa de experimentar pudieran producir momentos brillantes que saborearía toda su vida.

El primer momento fue cuando Mase la tomó en sus brazos. Con la voz y las manos temblorosas la acunó contra su pecho.

–Chloe, nena, ¿estás herida? ¿Te ha hecho daño?

Ella pestañeó para hacer desaparecer las lágrimas y volvió a pestañear a ver el amor fiero que mostraba su cara.

–No me ha hecho daño –no mucho. Ocultó una mueca de dolor cuando él la mecía contra su pecho. Sentía como si le clavaran agujas al rojo vivo en los brazos atados–. Mase, por favor, mis muñecas.

No se sorprendió mucho cuando él sacó de alguna parte un cuchillo de aspecto terrible y cortó la cinta que ataba sus brazos. Con delicadeza le puso los brazos dormidos hacia delante. Con menos delicadeza comenzó a darle masaje.

–¡Ay! –Chloe olvidó sus esfuerzos de estoicismo heroico cuando un dolor como de mil agujas invadió sus brazos entumecidos.

–Ya sé que se siente como si tuvieras cristales en las venas –dijo él con una voz áspera y tierna al mismo tiempo–, pero hará que la sangre circule con más rapidez.

Ella apretó los ojos, soportando el dolor. Mason terminó con un brazo y se puso a trabajar en el otro. Despacio y dolorosamente el tacto volvió a ellos.

La llegada de Pam Hawkins a la escena aceleró considerablemente el proceso. La morena surgió de entre los árboles sujetando un arma con las dos manos, tras ella surgieron dos desconocidos, armados de una forma similar. Los tres se detuvieron súbitamente al ver a Mase y Chloe.

–Oímos un disparo –jadeó Pam. Su mirada se dirigió hacia la figura inconsciente que estaba sobre las rocas– ése es Greene, vaya que sí. Maldita sea, Mason, deberías haber esperado a tener respaldo para quitártelo de en medio.

–No fui yo. Fue Chloe.

La reacción de la morena constituyó el segundo momento brillante que Chloe saborearía durante años. Absolutamente sorprendida, más allá de su aparente impasibilidad, Pam se quedó mirando al secuestrador con la boca abierta.

Chloe intentó no sonreír. No lo consiguió del todo, pero sí consiguió callarse la malévola observación de que Hawkins no era la única que podía jugar duro, rápido y rudo cuando era necesario.

El tercer momento se produjo una hora más tarde, después de que un pequeño ejército de agentes de la ley hubo llegado a Crockett en coche y en helicóptero. Utilizaron el café de Dobbins como improvisado puesto de mando y se hicieron cargo de un esposado y maldiciente Dexter Greene. Chloe declaró y luego permaneció al margen, mientras Mase les informaba de los antecedentes que habían conducido a los hechos de aquella tarde.

Aquél era otro Mase, uno que no había visto antes. Tenía un hematoma en la mejilla izquierda debido al golpe que Greene le había dado con la culata del rifle. Su pelo oscuro estaba lleno de agujas de pino sucio de polvo. Las rocas habían desgarrado una rodilla de sus vaqueros y su camisa azul había recibido tantos golpes como él durante la desesperada pelea. Y aún así, tenía un aire de autoridad que los demás instintivamente acataban... y la verdad es que sabía más de capturar criminales de lo que suele saber el ejecutivo medio.

Los agentes federales y estatales se llevaron a Dexter Greene con ellos al marcharse. Pam Hawkins y su equipo se quedaron hablando un poco más en medio de un estruendo de hélices de helicóptero y destellos de luces estroboscópicas que cortaban la oscuridad de la noche como cuchillos.

La pequeña multitud de residentes, que se había reunido para descubrir qué era todo aquel lío, se retiró al café. Incluso Hannah, a quien Mase había traído en coche desde el almacén, estaba allí. Las exclamaciones circulaban tan rápida y libremente como las cervezas heladas. La mitad de la población afirmaba que Greene les había parecido sospechoso desde al primera vez que lo vieron, mientras la otra mitad sacudía la cabeza y se preguntaba adónde iba a ir a parar el mundo. Chloe se aseguró de que Hannah estuviera confortablemente instalada con sus amigos antes de apartar a Mase del locuaz grupo.

–Tengo que hablar contigo, en privado ¿podemos ir arriba?

–Podemos –respondió él. Sus ojos centelleaban tras la pantalla de pestañas oscuras–, pero te daré el mismo aviso de la última vez. No te prometo que vaya a mantener mis manos lejos de ti.

La escasamente sutil advertencia había intimidado a Chloe unas noches antes. Aquella vez, adoptó el mismo tono.

–¿Te he pedido alguna promesa?

Mase respiró hondo, luego la sacó del café y la llevó escaleras arriba con tanta rapidez que los residentes de Crockett los miraron con asombro. Todos excepto Hannah. Chloe captó la sonrisa de su patrona antes de que se volviera al alcalde, camarero y le pidiera otra cerveza.

Una vez hubieron llegado a la habitación, Chloe se volvió a Mase.

–Creo que debes saber que he recuperado la memoria.

–¡Chloe!

La felicidad y el alivio inundaron sus ojos. Había recorrido la mitad de la habitación antes de percibir el aspecto militante y el tono frío en la voz de ella. Se detuvo a escasa distancia de ella con preocupación en el rostro.

–Quería explicarte lo de Pam, Chloe. Tenía una explicación preparada, pero te fuiste antes de que pudiera dártela. Creo que es mejor así. La historia era una cuidadosa mezcla de mentiras y verdades a medias.

–Yo no quiero mentiras ni verdades a medias entre nosotros. Ni compromisos ficticios o sombras del pasado. Ni vidas secretas. Nunca más.

–Pam no está en medio, nunca lo estuvo.

Chloe dio de lado todas las dudas e inseguridades que le habían atormentado durante semanas.

–Ahora lo sé. Creo que lo sabía entonces. Me ha llevado un buen rato darme cuenta pero yo no huí por que encontrara a Pam abrazada a ti, Mase. Huí porque me había enamorado de ti. No, eso no es verdad. ¡Me había enamorado de alguien a quien ni siquiera conocía! ¡Un agente secreto, por Dios santo!

–No voy a darte ninguna excusa. Hice lo que hice durante tantos años porque –encogió levemente los hombros–, había que hacerlo. No podía hablarte de ello, no se lo podía decir a nadie. Era parte de nuestro código.

–¡No! ¡No me entiendes! No te echo la culpa a ti, sino a mí misma. Todo ese tiempo, todos esos meses que estuvimos comprometidos. Era tan egoísta, tan pendiente de mí misma ¡tan estúpidamente ciega! Nunca lo sospeché, nunca tuve ni idea de lo que hacías durante aquellos largos viajes de negocios.

Mase no pudo evitarlo. Ella parecía tan completamente disgustada que tuvo que acercarse. Ella fue a sus brazos, todavía rígida, todavía militante.

–No daría gran cosa por mi imagen de James Bond de los noventa si supieras lo que hacía en esos viajes.

–¡No tiene gracia! ¿Cómo podía quererte si nunca supe quién eras de verdad? ¿Cómo podías quererme?

–Chloe, cariño, se suponía que tú no tenías que ver mi verdadero yo.

–Eso no es una excusa. Me siento tan estúpida.

–Si te sirve de ayuda yo también me siento bastante estúpido.

–¿Tú? ¿por qué?

–Tenía que haber localizado a Greene –su voz se hizo más áspera–, nunca debí permitir que llegara hasta ti. Lo último que yo deseaba era exponerte a esa clase de peligro. Lo siento, lo siento tanto.

–Te perdono. Por esta vez –un escalofrío la recorrió al recordar la malévola mirada de Greene cuando se lo llevaban–. Sin embargo no puedo asegurarte que vaya a ser tan comprensiva la próxima vez.

–No habrá próxima vez. Dejé la agencia, Chloe, hace meses. Decidí que tú eras mucho más importante para mí que lo que había estado haciendo antes.

–¿Lo hiciste? ¿Fue por eso por lo que Pam fue a Minneapolis? ¿para convencerte de que volvieras a jugar, cómo lo dijo, duro, rápido y rudo con ella?

Mase sintió que se ruborizaba, su memoria había vuelto, estaba claro.

–Ésa fue una de las razones –contestó con brutal sinceridad. No iba a mentirla, nunca más–, la otra era informarme sobre Greene.

Ella pensó en aquello por unos instantes. Mase se descubrió conteniendo el aliento. ¿Le creería? ¿Podría confiar en él después de todos esos meses de subterfugios?

Él había empezado a sudar para cuando ella descruzó los brazos y alargó una mano para quitarle una larga y seca aguja de pino del pelo. Girándola entre los dedos lo miró pensativa.

–¿Debo suponer que tu dimisión significa que no volverás a hacer largos viajes?

–No sin ti.

Ella tiró la aguja de pino. Sus ojos violetas se llenaron de amor.

–Muy bien. Porque el próximo viaje que vamos a hacer será nuestra luna de miel.

Sonriendo él se inclinó para rozar sus labios con los de ella.

–Vayamos a algún sitio con mucho sol y cielo azul y lagos brillantes.

–Qué curioso –murmuró ella contra la boca de él–. Eso suena muy parecido a Crockett.

–Sí que lo parece –con un rápido movimiento la levantó en brazos– si quieres arriesgarte a hacer el amor bajo esa exposición de cornamentas, yo estoy por comenzar nuestra luna de miel aquí y ahora.

Sonriendo, ella le rodeó la cara con las manos.

–Aquí y ahora me parece bien.

Cuando él apoyó una rodilla en la estrecha cama y la depositó en la colcha, los muelles crujieron, y gimieron de verdad cuando él se quitó la ropa y se reunió con ella.

Despacio y con deliberación le quitó el sujetador. Despacio le quitó los vaqueros. Su lengua buscó su ombligo, sus pechos, su garganta. Después se dirigió hacia su boca. Estremecida de placer, Chloe añadió algunos gemidos de su cosecha a los del somier.

Sus manos estaban tan atareadas como las de él, su boca igual de cálida y anhelante. Estaba lista antes de que lo estuviera Mase, más que lista. Húmeda y ansiosa y ardiendo en un fuego que iba más allá de lo físico, se abrió para él.

Él se colocó entre sus muslos y el resto del mundo se desvaneció de su vista. El amedrentador ciervo que estaba sobre la cama se desdibujó. Las paredes de pino desaparecieron, el mundo se estrechó y se unió, hasta que sólo hubo Mase.

Ella no se guardó nada. Tampoco él. Su amor era tan profundo, tan intenso, que Chloe supo que nunca más se sentiría perdida, o confusa, o sola.

Cuando yacían exhaustos, ella dudó que pudiera volver a sentir nada nunca más. Su cuerpo estaba entumecido por el placer, su mente lánguida. Tenía los brazos y las piernas entrelazados con los de él, tanto por no caerse de las estrecha cama como por mantener el contacto con el hombre que la llenaba en cuerpo y alma.

Haciendo un pequeño esfuerzo, abrió los ojos. El ciervo que estaba sobre ellos contemplaba sus cuerpos sudorosos con expresión divertida. Chloe le sonrió. Esto podría, decidió con satisfacción sensual y perezosa, ser el comienzo de una luna de miel *muy* larga.

En aquel momento se le ocurrió que deberían pensar en la boda. Lo que, naturalmente, la llevó a pensar en la carísima celebración que le habían obligado a planificar y en las invitaciones que Mollie estaba esperando enviar y en cómo su padre no hacía más que darle vueltas al regalo que iba a hacerles.

Su padre, sonrió Chloe. Su corazón estaba inundado de recuerdos. Su hombro rozó el pecho sudoroso que estaba a su lado.

–Mase

–Mmm

–Tengo que llamar a mi padre.

Él murmuró entre su pelo algo acerca de no tener ni energías ni valor para enfrentarse con Emmet en aquel momento, ni siquiera por teléfono. A pesar de ello, se separó de ella, se levantó y se puso los pantalones. Tomando su camisa y un pequeño portátil, alargó ambas cosas a Chloe.

–Ésta no es, precisamente, una llamada que estuviera ansioso por hacer, tu padre no va a agradecer el hecho de que casi hago que te maten.

–Entonces no se lo diremos.

Ella se puso la camisa. Unos momentos más tarde se puso el teléfono en el oído, llorando, riendo, sintiéndose por fin completa cuando su padre derramó sobre ella un torrente de amor y de instrucciones largamente reprimidas.

–Te envío un avión. Estará en el aire dos minutos después de que cuelgues. Ven a casa, Chloe. Ven y quédate. Cásate con Mase y ten un montón de niños y nunca más me hagas pasar por lo que he pasado estas últimas semanas.

–Quiero casarme con Mase, papá –lanzó una sonrisa al novio en discusión– y también quiero tener un montón de niños.

–Bien. Le diré a Mollie que envíe las invitaciones de boda.

–Dile que se haga cargo también de todo lo demás.

–¿Cómo?

–Tendrá que ocuparse de todos los detalles, no volveré todavía.

La violenta protesta de Emmet explotó en su oído. Haciendo una mueca, Chloe alejó el teléfono unos centímetros mientras se producían las explosiones secundarias. Por fin el nivel de ruido al otro lado de la línea descendió lo suficiente para que se la oyera.

–No puedo dejar Crockett. Aún no.

–¿Porqué no?

–Tengo que asegurarme de que alguien se ocupe de Hannah.

–¿Hannah? ¿Quién demonios es Hannah?

–Hannah. Es la dueña del almacén en el que he estado trabajando. Estoy en deuda con ella por...

–¡Le pagaremos lo que le debes multiplicado por diez! Y en efectivo. Te quiero en casa.

–No, papá –dijo ella con suavidad–, el dinero no puede pagar el confort, la seguridad y la amistad que Hannah me ha dado. Tengo que asegurarme de que vaya a River Rapids a quitarse los clavos del tobillo y hablar con alguien para que se ocupe del almacén y...

Se detuvo, sorprendida por la idea que acababa de surgir en su mente. Atravesó su cabeza, ganando velocidad y brillantez, como un cohete. Emocionada por la idea, Chloe miró a Mase. Tendría que hablarlo con él, explorar las posibilidades, estudiar el potencial.

No, no tenía que hablarlo. No con Mase. Él había apoyado su deseo de entrar en el mundo de los negocios cuando su padre no la tomó en serio. Él la apoyaría también en esto. La idea estaba aún tomando forma cuando Emmet interrumpió bruscamente sus pensamientos.

–¿Y qué, Chloe? ¿Qué tienes que hacer que sea tan condenadamente importante que vaya por delante sobre tu boda?

Con una amplia sonrisa dirigida el hombre medio desnudo que estaba al otro lado de la habitación, dejó caer la bomba.

–Tengo que hablar a Hannah para que me venda una parte de su almacén.

Mase levantó las cejas. Había estudiado las posibilidades tan rápidamente como ella. Para cuando Emmet hubo terminado de protestar y lanzar advertencias acerca de ese tipo de operaciones ella vio que en los ojos de Mase había aprobación y apoyo.

Si no hubiera amado ya a Mase, se habría enamorado de él en aquel momento. Su expresión decía, con más claridad que las palabras, que formaban un equipo de allí en adelante. Él estaba con ella para cualquier empresa que quisiera acometer. Con el corazón danzando de felicidad, Chloe interrumpió a su padre, que quería saber si había perdido la cabeza.

–El Almacén General de Crockett no tiene porqué ser una empresa ruinosa, papá. Con un poco de planificación y publicidad podemos quedarnos con una parte mucho mayor del turismo. Podemos añadir artículos de gourmet –continuó mientras pensaba muy deprisa– incluso una franquicia.

–¡Franquicia!

Emmet volvió a utilizar la artillería. Mase, bendito fuera, se apiadó de ella. Cruzando la habitación extendió la mano. Chloe le pasó el teléfono con alivio. Con tono de broma cortó el discurso sobre beneficios y pérdidas.

–Tu hija es una Fortune, Emmet. Por lo menos durante algún tiempo más. Sabe lo que está haciendo.

Esto silenció al padre durante unos preciosos segundos. También le hizo ganar a Mase un beso largo y apasionado. Un beso llevó a otro y a otro. Mase se llevó súbitamente el teléfono al oído.

–Te llamaremos más tarde. Chloe y yo tenemos que ocuparnos seriamente de unos asuntos relacionados con la luna de miel.

–¡La luna de miel!

Un segundo antes de colgar el teléfono, Chloe oyó decir a su padre.

–¡Más vale que os aseguréis de que llegáis a Minneapolis a tiempo para la boda!

# *Capítulo Doce*

Regresaron a Minneapolis a tiempo para la boda. De milagro.

Mollie McGuire tenía todo preparado, ensayado y puesto en marcha, cuando Mase les llevó de vuelta a casa en un jet de la corporación de Chadler Industries. Llevó también a Hannah Crockett, Harold Dobbins, al joven doctor Johnson, al empleado de correos retirado y nuevo empleado de la firma Almacén General de Crockett, s.a., Charlie Thomas, y a otra media docena de personas que Mase sólo había visto un par de veces, pero a los que Chloe había invitado para asistir a su boda.

Tras aterrizar, Mase condujo el avión a su hangar privado, donde Emmet Fortune los esperaba a la cabeza de una larga cola de limusinas preparadas especialmente para la ocasión. La heladora brisa de noviembre levantaba las colas del abrigo de gala gris perla de Emmet que sujetaba con fuerza su chistera para tratar de mantenerla en su sitio, mientras el pequeño jet se paraba. Entonces, un golpe de viento se la arrebató, cuando se lanzó precipitadamente a recibir a Chloe con un abrazo de oso. Mientras padre e hija festejaban el reencuentro, el hermano mayor de Chloe, Mac fue tranquilamente tras el sombrero de copa, rescatándolo de caer bajo las ruedas de un camión cisterna de combustible, y volvió al jet a ayudar a Mase. Cortésmente lideró la fila de invitados hacia las limusinas que los estaban esperando.

La esposa de Mac, Kelly Sinclair Fortune, le dio un fuerte abrazo a su cuñada:

–¡Me alegro tanto de que estés en casa!

–¡Yo también! –el viento despeinó el flequillo de Chloe, que trató de volver a ponerlo en su lugar, mientras rogaba a Kelly–. Sé que es mucho pedir, incluso de la dama de honor, pero ¿crees que podrías transformarme en una verdadera novia en el camino hacia la iglesia?

Los ojos azules de Kelly brillaron:

–Sin problemas. Después de trabajar durante tantos años como secretaria de tu tía abuela, soy capaz de todo. Tengo tu traje, tu ramo de flores y a tu peluquero en la limusina.

–Entonces, vamos a movernos.

Con un gesto de despedida y la promesa de verlos en el altar, Chloe dijo adiós a Mase y a Mac, y se metió en la limusina.

–Llévenos por la calle Lakeshore –ordenó Kelly al conductor–. ¡Despacio!

Tras decir esto, subió el cristal oscurecido que los separaba del conductor, y comenzó la acción. Las tenacillas chispearon cuando Jane, la peluquera de Chloe, las tocó levemente con un dedo humedecido. Las tapas de las cajas volaron y los pañuelos de papel crepitaron. La seda y la gasa, y metros y metros de velo se arremolinaban en el interior del vehículo.

Cuando la limusina gris plateada paró ante las escaleras de la iglesia, Chloe estaba peinada, maquillada, vestida y con velo. Mollie, más tranquila al verla, la recibió mientras se bajaba del coche.

–Todo el mundo está dentro –dijo a la novia–. ¿Estás segura de que quieres hacerlo?

Chloe sonrió recordando todas las veces que anteriormente había cancelado los planes de la boda.

–Estoy segura.

–Bien, si estás lista...

Al entrar en la iglesia comprobó el magnífico trabajo que había hecho Mollie. Centenares de velas daban al interior de la iglesia un aspecto acogedor. Ramos de siempreviva salpicada de capullos blancos y lazos de satén decoraban los bancos y daban a la iglesia un suave aroma a pino que se unía al olor de las velas.

–¡Mollie! Todo es ideal. Y las ramas de pino son el toque perfecto.

–Mase los hizo traer directamente de Black Hills –informó Mollie mientras arreglaba el velo y ponía a Emmet en su sitio, junto a Chloe–. Dijo algo sobre un picnic y agujas de pino, y que quería que tú recordaras siempre esa fragancia.

Con el corazón saltándole en el pecho, Chloe buscó la figura que esperaba firme a un lado del altar.

–Lo haré –susurró–. Lo haré.

Minutos después, Mollie hizo una señal al organista. Al instante la música de fondo se transformó en la marcha nupcial. Kelly inició la marcha a lo largo del pasillo central, y Emmet besó a su hijita por última vez antes de acompañarla, orgulloso, lentamente pasillo adelante.

La alegría de Chloe fue en aumento al ir saludando a la gente que abarrotaba los bancos. Mollie no había exagerado. Todos estaban allí. Sus amigos de Crockett, de Minneapolis, de la universidad, del instituto y del campamento de verano. También estaban allí todos los miembros de la familia Fortune, y entre ellos Chad. Su gemelo, su mejor amigo, su compañero de travesuras. Chloe le envolvió con una sonrisa de amor, deseándole que también él encontrara pronto a alguien que le hiciera tan feliz como lo era ella ahora.

Entonces ella y su padre llegaron al final del pasillo, y Mase se adelantó para tomar su mano. La música subió de volumen. La iglesia, llena de gente pasó a un segundo plano. Encantada, entrecruzó los dedos con los de Mase. Con el aroma de pino embriagando sus pulmones y su corazón, la última y hasta entonces rehacia novia de la familia Fortune, declaró su amor para siempre.

Los ojos de Kate Fortune se humedecieron mientras miraba a su radiante sobrina nieta, y tomando de la mano a Sterling le susurró:

–Esto es lo que yo llamo un final feliz.

Tras una sola noche de pasión, Ashlinn Carey quedó embarazada, y el millonario Flint Paradise no dudó en casarse con ella.

Pero Ashlinn dejó claro que, a menos que sus votos incluyeran el amor por ella y por el bebé, no encontraría una esposa cálida y dispuesta cuando regresara a casa.

Pero el solitario Flint no sabía nada sobre el amor. Y teniendo a su lado a la mujer más sexy que había conocido nunca, no estaba dispuesto a aplazar el comienzo de su aprendizaje durante nueve meses...

**PIDELO EN TU QUIOSCO**